飛騨川

―山上のオリオン―

松原好之

PHP
エディターズ・グループ

飛騨川
――山上のオリオン――

目次

飛騨川

――山上のオリオン――

第一章　桜

湯島天神でお礼参りをしたあと、娘が昔好きだったベビーカステラを一袋買い求めた。

春の風が心地よい。お茶ノ水方面に向かって坂道を下ってくると、神田川沿いに植えられた桜木から何枚かの花弁が風に舞って降りてきた。

口の開いたハンドバッグから、ベビーカステラの甘い香りがほんのりと鼻を衝いた。

東京医科歯科大学に裏門から入り、構内を突っ切り、横断歩道を通り、御茶の水橋を渡る。わざとそんな所を通り抜けたのは、娘の通っていた大学とは違うけれど、白衣の若者が大学構内を急ぎ足で歩く同じ医学部らしいたたずまいを横切るときの、少しでも娘に近づいた気分を味わいたかったからだ。

ＪＲ御茶ノ水駅が向こうに見えてきた。娘との待ち合わせ時間には少し間がある。

真向かいの交番に向かって、「直接行動派」の幟《のぼり》を立てた一団が、拡声器を小脇に抱え、ごにょごにょと演説をぶっている。

その演説の下手なこと、何を言っているのかさっぱりわからない――四十年前に大学のあちこちで聞いた、党派によって選ぶ言葉を微妙に違えたあの個性的な日本語の抑揚とは比べるべくもない――。

またその垂れ幕代わりに立てかけた看板の字の汚いこと――トロ字と呼ばれた学生活動家独特の看板文字は、それはそれで、かつては社会変革を目指すエネルギーを感じさせる先鋭な字体を誇っていたものだ。これは単に字が汚いだけ――。

その演説の男に向かって、白いコートを着た女の子が歩み寄った。

「あなたたち直行派は、どうして、黎明《れいめい》派を殺さないの？　黎明派せん滅を叫んでたんじゃないの？　杉上雄一郎《すぎがみゆういちろう》書記長を虐殺した、黎明派議長赤池芳生《あかいけよしふ》、動輪労委員長姉崎正義《あねざきまさよし》、政治局長加門慶介《かもんけいすけ》の三頭目処刑を叫んでたんじゃないの？　どうしたの？　一人も殺してないじゃないの？　みんな畳の上で死んでんじゃない？　何が直接行動派よ！」

演説の男よりよほど威勢良くきっぱりとしたよく通る口調だった。

直行派学生と思しい演説の男は一瞬演説を止めたが、すぐさまマイクを握り直して演説を続ける。

「黙ってないで。設楽征夫《しだらゆきお》、出しなさいよ。ここへ呼んできなさいよ。杉上書記長亡き後の直行派書記長、設楽征夫、連れてきなさいよ」

まあなんと、女の子の威勢のいいこと。親御さんの顔を見てみたいわ——その大柄な白いコートの女の子は、わが娘あかねだった。

あかねは、私に気が付いたらしく、軽く左手を挙げた。男たちが一斉にこちらを見た。私が手を挙げると、あかねもにっこりとほほ笑んだ。


スタバの中庭に置かれたテーブルにあかねが二人分のコーヒーを運んできた。時折強い風が吹いてきたが、足元には春の陽だまりが落ちていた。

「しかし、あなた、イマドキ、設楽征夫なんて、誰も知らないわよ。出しなさいよと言われたって、直行の学生さんたち、困るしかないでしょ」

「あんな雑魚、困らせてやりたかっただけよ。北朝鮮沖に配備のカールビンソン断固阻止って、どの口が言ってんのよ」

「でも、交番のおまわりさんも、あなたの剣幕がさく裂するまではあくびしてたからね。いい目覚まし時計になったんじゃないの」

「でもカールビンソンやトマホークはアメリカ依存症の日本人を欺《だま》くらかすためのダミーよね。ああ見えて米中は裏取引してるからね。北朝鮮という〝実に御しやすい国〟は残しておいた方が米中双方にとって得策であるという点で一致してるはず。北が崩壊するとすれば意外なカタチで崩壊すると思うわ」

「餓死とか、クーデター？」

「いやちょっと違うと思う」

娘は軽く首を振った。

「ＡＩじゃないかな」

娘は一語一語噛みしめるように言う。

「そう、ＡＩ、人工知能。あそこ脆弱《ぜいじゃく》な独裁者の国家でしょ。おそらく独裁者はしまいに誰も信じられなくなってＡＩ使って、部下の忠誠度を絶えずチェックするようになると思うのね。で、どうなると思う？　どんな部下でも何パーセントかは裏切りの要素ありとＡＩは判断するよね。会議中での姿勢で処刑された部下と同じ姿勢をしたとか、自分を讃える拍手の数が処刑した部下の数と一致してたとか。すると処刑、処刑、処刑のオンパレードになるでしょうね。そして誰もいなくなる、あるいはまともな部下なら、一か八か殺《や》られる前に殺ることを決意する、とか。……ＡＩの仕事、本日も完璧でした、と」

「あなた、ちゃんと医者やってんの？」

「ね、ね、ママ。今日はこれから田町に行かない？　田町のお鮨屋さん、予約してあんのよ。この前、医療機械の会社の人に連れて行ってもらったの。変なお鮨屋さんでね。カウンターだけの、小さな、お客さん二組だけしか入れないお店なの。入口が二重になっててんのよ。なぜだかわかる？」

「田町にもそんな高級鮨屋、あったっけ」

「ありますよー。それより、田町は、ママがパパと出会った〝聖地〟でしょうが」

「田町にはね、芝浦工大の寮があってね。そこ、うちら弱小の人民戦線派のトラの子の拠点だったのよ。労働者と貧乏学生の街でね。庶民的な居酒屋しか記憶にないわ」

「だから〝聖地〟って言ってるでしょ？　居酒屋であろうが田んぼの中であろうが、出会った場所は一ミリも譲らないのが〝聖地〟よ」

あかねは笑いながら、

「しかも、ママがパパと出会ったその日にやられちゃった場所だから、れっきとした〝聖地〟でしょうよ」

あかねは、私が三十一歳の時に産んだ子で、今年（二〇一七年）三十三歳になる。

昨年まで、約三十年間に亘って全国規模の大手予備校、向学塾の大阪校で国語古文科の講師をしていた私は、あかねが小学校に上がる前や、私が夏期や冬期の講習会などで東京や地方の校舎に長期出講する時など、私の故郷、岐阜県下呂市、飛騨金山の両親に預けることが多かった。母は体が弱く、ほとんど何もしない人だったので、あかねはすっかりお祖父ちゃん子になった。

三年前に亡くなった父は、若い頃、旧満州帝国の奉天、南満州鉄道株式会社に勤めていたこともあり、幼いあかねに中国語の手ほどきをしてくれていた。同時に満州の思い出を語っていたのだろう。行動力旺盛なあかねは、京大在学中も、卒業後の国際弁護士としてアメリカ滞在中も、また帰国後、千葉大学医学部に編入して後も、得意の英語と中国語を駆使して、世界中、特にベトナム、タイなどの東南アジアやウズベキスタンなどの中央アジア、中国の旧満州の瀋陽あたりへもよく旅していたようだ。中国遼寧省瀋陽はもと奉天という名で呼ばれていた都市だ。晩年は脊椎間狭窄症《きょうさく》で歩行が困難になった父に代わって瀋陽に赴き、父の働いていた満鉄の宿舎跡などを写真に撮り公安警察に拘束されて写真を没収されたこともあったらしい。父が亡くなってからは、大学の夏休みなどを利用して、イスラエルなどにも渡航していたようだ。時折思いついたように送ってよこす写真で〝現在地〟を知ることができた。ただ、何故そういう所へ行くのかをじっくり話す機会もなかった。亡き夫関川浩一郎から受け継いだ無謀なまでの行動力を持つあかねが、三十を過ぎても結婚もせず〝放浪〟を続けるには何らかの思いがあるのだろう、それを裏打ちする自信もあるのだろう——すっかりお祖父ちゃん子にしてしまった母親としては、黙って任せておくしかないと思っている。

「金山のお祖父ちゃんは、満鉄からの出張で平壌にいる時、天皇陛下の玉音放送を聞いたと言ってた。ピョンヤンて言わずに『へいじょう』て呼んでた。帰社命令で奉天に戻ると、名簿の整理が始まってた。日本人全員に配られた用紙には『日本兵』と書いてあって、律義にそこにマルをした人がシベリアに送られたんだって。お祖父ちゃんはたまたままだ応召前だったし、満鉄の社員ということでそこにマルを付けなかった。それでシベリア行きを免れたんだって。律儀にマルを付けた人たちは、貨車に乗せられてほとんど着のみ着のままでシベリアに送られた。そこで抑留されてたら死んじゃう可能性も高かったからね、私もママも今頃はこの世に存在していなかったのかもよ」

あかねが連れて来てくれた田町の「すし源」の室内は、春先とは思えないほど、冷房が低く設定されている。畳敷きの床に靴を脱いで上がり、L字型のカウンターに坐る。私たちの他には、初老の夫婦と思しいカップルがコートを着たまま熱いお茶をすすっていた。和服の女将さんが立ってお茶を出してくれる横で、小柄なマスターが声色を変えて話し始める。

「お客様。室内は摂氏一三度に設定しておりまして、ちょいと冷え込むかと存じますが、これはマグロの適温なのでございます。お客様の適温ではないかも知れませんが、ご容赦くださいませ」

「戸が二重になっている理由がわかったでしょ。お客様じゃなく、マグロを守ってんのよ、このお店は」

あかねはさも愉快そうに言う。

「ね、ね、ママ。田町がこんな頑固な日本文化を守る店がなかった頃の、パパと出会った頃の話、聴かせてよ」

「こちらはカツオでございます。気仙沼近海まで北上してきたカツオでございます」

マスターは、こちらの会話とは無関係に、にこやかな表情のまま、もう一組の客と交互に握ってくる。

「ね、ね、ママ。法事はいつやることにしたの？」

あかねは、幼い時の口ぶりのままで話しかけてくる。

「あなたの研修に合わせるわよ」

「なら、五月の終わりだと助かるわ。連休中は皆休み取りたがるから、競争が激しいしね。千葉大の先生もそう言ってた」

「じゃあ、五月の下旬、乙原《おっぱら》の妹に打診してみるわ」
「乙原か。三年ぶりだわ。金山のお祖父ちゃんが亡くなった時以来だわ。あそこの蔵にはパパの遺品がたくさん隠してあってね。電気がないから、ちさと叔母さんから懐中電灯借りてね、あの時三日泊まらせてもらって、ずーっと蔵の中、家探ししてた。何せあちこちの壁や床に無造作に掛けてあったり並べてあったりで……いろんなものが見つかったわ。パパがまだ見ぬ私に宛てたとしか思えないような文書とかね。蔵の中で泣きながら読んだのもあった。また見せてもらえるんだわ。まだたくさん残っているはずだし」

あかねは、勉強に関しては手のかからない子だった。大阪の私立の女子中高一貫校を出て現役で入った京都大学法学部を卒業と同時に司法試験に合格。司法修習生を経て二年ほど全国チェーンのアンダンテ法律事務所で働いた後渡米。カリフォルニア州の弁護士資格を取得した後帰国して、今度は千葉大医学部に学士編入学。このたび千葉大医学部卒業と同時に医師国家試験に合格して千葉大学医局に研修医として勤務することになっていた。

飛騨金山は、私の故郷、温泉で有名な下呂市の南にある。ここは岐阜県を二分する美濃の国から飛騨の国へと向かう境目に位置する、人口一万人足らずの小さな町だ。特急も一日に五本しか止まらない。以前は、岐阜県益田郡《ましたぐん》金山町と言ったが、十三年ほど前の小泉改革で、下呂市金山町となった。温泉街・下呂市に併合されたが、温泉街の恩恵を受けるわけでもなく過疎化は一層進んだ。

母は、父が亡くなるずいぶん前、すでに六十歳代の後半から、認知症を患っていて、下呂市の施設に入っている。三年経った今も、父の死も知らないようだ。実家のある金山町大船渡《おおふなと》から一五キロほど離れた乙原という村落に嫁いだ私の妹が、一週間に一度、下呂の施設の母を見舞いかたがた実家の空気を入れ換えにやってきては、掃除をして帰っていく。父の死後、実家は、普段は空き家だ。

私は、三十年以上勤めあげた向学塾を退職した今、大阪のマンションを引き払って金山に帰ろうかどうか思案しているところだ。大阪のマンションは一応売りに出してはいるが、人がまだ住んでいて生活感が残っているうちはなかなか買い手が見つかりませんよ、という不動産屋の言葉通り、なかなか売れない。だから、気持ち的にもなかなか踏ん切りがつかないでいる。そうした優柔不断な性格は、いつも娘から厳しく指摘されるところだ。

「本気でマンションを売る気なら、すべてを引き払って生活感をなくすことよ」

とうまく自宅マンションを売り抜けて退職した予備校講師仲間を、ある意味うらやましいと思う。

今度の帰省は、父の三回忌と、三十五年前に九十歳で亡くなった祖母、さらにその一年後、一九八三年に亡くなった私の元夫、すなわちあかねの父関川浩一郎の法要を兼ねて行うためだった。まずあかねと法要の日時を相談しようと、私は久しぶりの上京をしたのだった。


「このベビーカステラねぇ、懐かしいわ。ロスの空港で次のフライトを待っていた時、これとかリンゴ飴、急に食べたくなって、うわーって発狂しそうになったわ。日本にあるものなら何でもアメリカにあると思ったら、大間違いね」

私の提げてきた紙袋を覗き込んだあかねは、議論する時の早口と違う、まるで二十年以上前の子どもの頃の顔つきで、子どもの頃のままに、テンションは高いが、幼い内容を恥ともしない口調で、次から次へと言葉を繰り出してくる。それを聞くと何だかホッとする。

「言えば送ってあげたわよ。でも、こういうものは生もの扱いになったりしないんかな。それより、機関紙『直接行動』縮刷版と、『黎明派の五十年史』、アメリカにもちゃんと届いてたでしょ?」

「ああ、ありがと。内ゲバ両派の記事、書き方違うのよ。特に昔の直行派の、綺麗な日本語で黎明派への殺害の模様をリアルに書いてあるやつ、何とも言えず、癒されたわ」

「癒されたの？　内ゲバ殺人の記事を見て癒されるって？　あなたらしいわね」

「アメリカで手に入らないものばかり、ちゃんとママ、送ってくれたからね。感謝してるわ」

「子どもの時分から、普通のお人形さん遊びじゃなくって、解剖フィギュアで遊んでたぐらいだから。あなた、医者になった動機も、解剖したくって仕方ないからって言うじゃないの」

「ママ、その通りよ。放火犯に消防士が多いのと同じことよ。内ゲバ殺人がすっかりなくなった今、私の一番ホットなニュースはね、北朝鮮の高官がまた金正恩に処刑されたっていうニュースよ。高射砲機関銃で跡形もなく吹き飛んだ、なんて記事読むと、ドキドキ、ワクワクして居ても立ってもいられなくなるわ。あれは朝鮮語でどう書いてあるのかしらね。だから、私にとってあの頃の直接行動派と黎明派の内ゲバ記事は、昭和文学の最高傑作だと思う。暗記だってしてたんのよ。いい？」

　日本酒が回ってきたらしく、紅潮した表情であかねはますます饒舌《じょうぜつ》になる。

「わが革命的共産主義者同盟直接行動派・革命軍精鋭部隊は、朝まだき、払暁《ふつぎょう》の冷風を一身に浴び、偉大な革命的事業の敢行を前に、革命の志半ばにして斃《たお》れた同志たちの慟哭《どうこく》の無念をかみしめている。『よしっ、いくぞ』隊長の合図にわれらは無言でうなずき、音もなく反革命スパイ・林正光の巣窟《そうくつ》を取り囲む。やがて玄関をハンマーでたたき割る数秒間の大音声。間を置かずして、裏庭、サッシ、ありとあらゆる退路を断つハンマーとバールの大音声が、朝焼けの凜冽《りんれつ》の空にこだまする。『いたぞ。完全せん滅』わがかけがえのない同志たちへの白色テロを手引きしたスパイ・林正光は、己の反革命的罪業をすっかり忘れ、ハンマー・バールの大音声にも〝めげず〟いぎたなく眠りこけている。『起きろ、林！』目覚めるや否や、わが部隊を目にし、無様にもうろたえはじめる林正光。『助けてくれ、助けてくれ』やつは卑劣にも隣室に眠る母親カツ枝の下に逃げようと図る。己ひとりで死ぬくらいなら母親まで巻き添えに、というどうしようもない魂胆だ。カツ枝もカツ枝である。己の愚息が反革命的所業に手を染めていることを知りつつ、これを保護し、育成してきたどうしようもない女なのだ。まさしく正真正銘の愚息、正光と同罪である。カツ枝はおろかにも電話に手を伸ばそうとする。日頃はわが派を〝権力の走狗《そうく》〟などとののしりながら、その実、己が権力の手先であり、権力の庇護下にいる証拠だ。だが電話などもとより通じるはずがない。すでにわが革命軍によって制圧されているこの一帯は、すべての電話は不通になっているのだ。われわれはまず、キイキイ喚《わめ》き散らすカツ枝の口を封じるため、顔面に一撃バールを振り下ろした。顎もろとも吹っ飛んだカッ枝は、物理的に一切の音声を発しえなくなり、あとはひたすら愚息の〝最期の一瞬〟を沈黙のまま目撃することになる。正光は母親の〝異形の顔面〟に己の近未来を見て、絶望のあまり声すら上げられない。われわれは正光の足を高々と持ち上げ、テーブルに載せる。そこにハンマーとバールの嵐だ。こいつが、この男がわれらのかけがえのない同志たちの尊い命を奪ったんだ。われわれの怒りは止まるところを知らず、足のくるぶし、膝を中心に革命的鉄槌を振り下ろし、まず永遠に〝退路〟を断つ。次は腕だ。指、肘、肩と、ゆっくり念入りに〝壊して〟いく。この腕が、指が、肘が、肩が、わが同志たちへの白色テロを手引きし、無念の死、非業の死へと導いたのだ……」

「もういいわ。そんな昭和文学、読みたくも聴きたくもないわ」

私はさっきからおとなしく鮨をつまんでいる初老のカップルが気になって、小声で叫んだ。

「ママ、ここからがハイライトよ。ぐさっ、ぐさっとバールが頭蓋骨に食い込み頭をかち割っていくシーンが続くのよ。そして相手の片目をつぶすの。そしてもう片目を残すの。その眼で己の反革命のみじめな姿を見続けろ、と言うのよ」

「……でもあなた、暗記力だけはさすがね。すごいわ。一回読んだだけで、一字一句覚えてるんでしょ」

私は、初老のカップルや目の前のマスター、女将《おかみ》さんの反応が全く無頓着なだけに、逆にずっと気になって仕方がなかったのだ。他者への〝無頓着〟を許さない大阪で長年暮らしてきた者にとっては、絶対にありえない風景だからだ。

「私もあなたのパパから、そんな記事何度も見させられたわ。大阪の人民戦線社にも機関紙『直接行動』も『黎明』も毎週届いていたからね。内ゲバ記事なんてもううんざりよ」

「だからなのかな、パパから受け継いだ私の遺伝子の中に、内ゲバ記事の言葉が組み込まれちゃってたのかもよ。つまりパパから私に遺伝したの。私、どんな日本語、英語、中国語の文章よりも、内ゲバ記事の文言が一旦入ってきたら、決して頭から消えないの。それどころか、次から次へと先々の言葉が私に向かって押し寄せてくるの。そして鮮明に残るの、イメージと一緒に。まるでアスペルガーよ。……ねえ、ママ、パパって、他党派の機関紙、ママとのアジトに持ち帰ってたの？　コピーして？」

「いや、その頃、コピー機なんて、一般的じゃなかったからね。だから、そのまま直接」

「だからなのね。コピーやデータですべての内ゲバ殺人関連記事をまとめて比較検討できてたら、俯瞰的に内ゲバ殺人を昭和文学という観点で見られたのにね。少なくとも、どっちの〝大本営発表〟がよりリアリティがあるのか研究してみようなんていう余裕が中立の人民戦線派に生まれていて実行してたら、あんなことにならずに済んだのにね」

「さあ、あなたのパパに限って、余裕がなくなるってことはなかったと思うけど」

「そうかなぁ。それはパパを無意味に擁護しすぎだと思うわ。それに、そばにいたママも力不足だったのよ。日本の婚姻制度という擬制にからめとられまいと、必死になってそれだけでエネルギーを消費してたんじゃないの、ママも」

あかねの饒舌は、生まれる前に死んだ父へのこだわりを語るときは特に、止まる所を知らなかった。しかも、必ず最後は私への強い調子の〝口撃〟で締めくくられて、私はぐうの音も出ない。

「さあ、今度はママの番よ。ママとパパが出会って、どうパパにやられちゃって、過激派仲間に入っちゃって、予備校講師になるまでの十年間の人生をいかに棒に振っちゃったか、縷々《るる》説明する番よ」

「わかったわ。あなた酔っぱらっちゃったのよね。いいわ。ホテルに帰って話すわ。だから今は、このお鮨、せっかくだから十分堪能しましょうよ」

「ホテルはコンラッドね。ママ、奮発したわね。いいわ。マスター、お勘定して」

あかねはそう言って自分の財布を出した。

「いいの、いいの。弁護士時代からの貯金、しこたま残ってんのよ。円とドルでね、しこたまよ。特にカリフォルニアでは稼がせてもらったわ。一人だったら、一生使っても使い切れないくらいよ、冗談、冗談。そんなにないわ。でもそんなに、あるわ」

あかねは明るく笑った。

外へ出ると、女将さんが呼んでくれたタクシーがすでに待っていた。

「あ、そうそう、この前、国試が終わったあとね、友達と京都に旅行したの。その時、奮発してグリーンで、ほら、ちょうど私たちの坐っていた座席からしたら、後ろのあそこらへんの席ね」

タクシーの中で、あかねは体をよじって後ろを指差した。

「あそこに初老のハゲオヤジとケバい化粧をした女が並んで坐っていたのね。それで、そのハゲオヤジ、女車掌に、切符を失くしたんだが再発行できるか、なんて結構大声で訊いていたのね。女車掌が、いえ、再発行はできかねます、全額をお支払いいただかないと、と木で鼻をくくったように答えた途端、そのオヤジ、キレ出して『ええ加減にせえよ。お前ら黎明やろ。ＪＲ新幹線組合牛耳っとる黎明やろ。内ゲバ専門の、殺人専門の黎明やろ』なんて叫び出したのね。私ここからこうやって体をよじって見てたのよ。私の友達は何も知らない人だから、うるさいお客ね、っていう程度の顔してたけど、そのオヤジの横のケバ女もまたおんなじで、黎明、それ何、内ゲバそれ何って感じで窓の外を見ているだけ。この取り合わせもなんかおかしかったわ。

それでね、女車掌がいったん立ち去ってしばらくして今度は上司らしき中年の車掌がやってきて、『お客様、東京駅の改札に、京都行きの切符が残っていました。おそらくこれがお客様がお忘れになった切符だと思われます。はっきりと証明されましたから、ここにサインをしていただき京都駅をお降りになる際にお示しいただければ、そのままお出になることができます。どうも失礼しました』と丁重に言うわけ。オヤジもそれで何も言わなくなったわ。けど、どう見ても不自然よ。はっきりと証明されましたから、って、なんか変な言い方だとは思わない？」

私の紙袋を取り上げて、ベビーカステラをパクパクと食べながら、あかねはまた元の幼い早口に戻っていた。

「しかし、あなたの一字一句も漏らさない暗記力は、何度聞いても、すごいわ」

「いや、そうじゃなくってね。黎明がどうのっていちゃもんつけられた時のJR当局のマニュアルもしっかりできているということよ、JRの側にもね。完全に黎明によるJR支配が成功した証《あかし》ってことよね。ああいうハゲオヤジみたいに、直行には属していなかっただろうけど、その辺に知り合いがいたとか、早稲田で、黎明派の天下の早稲田で、憤懣《ふんまん》やるかたない思いをしてた割にはよう黎明には逆らえなくてへいこらへいこらしてた奴とか、その程度のヘタレが、いいとこ就職して小金持ちになって、頭ハゲちらかして、キャバクラ通い詰めてようやく口説き落した姐ちゃんと念願の京都旅行できて、さあって時に、切符を失くして慌てふためくのもカッコつかないんで、黎明組合員いたぶってやれって、一杯ひっかけてね、そういうオヤジってその前にも何人かいたと思うのよね。それに対処するマニュアルができてるってことは、ね。だからずいぶん黎明派による支配が徹底してきたって証だと思うのよね。三十年前の国鉄民営化の時は、内ゲバ殺人まで起きるほどまだ混乱状態だったんでしょ？」

「そうね。黎明派が牛耳っている鬼の動輪労と呼ばれる、七十二時間ゼネストも辞さないほどだった過激な労働組合がね、民営化を推進する当局の側に、突然寝返っちゃったからね。何となく民営化反対を叫んでいた多数派を占める国鉄組合派は取り残されちゃってね。そしてお仕置きで本来の業務から外されて草むしりとかやらされて、組織がズタズタにされちゃったのね。民営化されてＪＲになった後も、組織が盤石な黎明派がイニシアティブ握っちゃって、組合組織と組合費独占よ。そりゃ、相手党派からすれば、内ゲバで殺しまで行かなきゃ気が済まないわよ」

「でも殺されるのは下っ端ばかりだよ」

「確かに言われてみればそうだよね」

「いつの時代も、殺されるのは下っ端ばかりだってこと。トップの姉崎動輪労委員長なんて、普段から護衛もつけないで丸腰だったのよ。記者会見にしゃしゃり出たり、文化人と対談したり、個人的にベンツや別荘まで持っていたのよ。まさしく労働貴族ってやつよ。直行派がその気になればいつでもせん滅できるのに、しなかった、敢えてしなかった。なぜだと思う？　それは動輪労の中でも唯一直行派が支配している動輪労千葉の組合の久慈《くじ》書記長に対して、黎明派から手出しさせないためなのね。誰がそうさせたかって？　直行派の設楽征夫書記長よ。姉崎を殺ったら久慈が殺られる、そう考えたからなのよ。久慈一人を守りたかったからなのよ。そんなこんなで、黎明派三頭目は、直行派が手出しできないまま、全員畳の上で大往生したわ。直行派の、黎明派三頭目処刑なんて空念仏に過ぎなかったんだよ。その時点で、直行派は人民に土下座すべきだよ。特に、設楽征夫に殺されたも同然の、私のパパの霊前に額《ぬか》ずいて謝罪しろってんだわ」

娘の強い剣幕は、コンラッドホテルの部屋に入っても止まなかった。案内したボーイも、挨拶もそこそこに、そそくさと部屋を後にした。

「そうよね。それが真実なのかもね、悔しいけど。……それにしても、あなた、よく調べてるわね」

「言ってなかったっけ。イスラエル・テルアビブのサイバー専門学校に短期留学してたからね。そこで、モサド上がりの教官に日本の革共同両派の内ゲバについての論文書いて提出したの」

「いつの間に？」

「日本人ならいつだって入れてくれるわよ。論文なんか、日本語で書いても通るわ。私のひいおばあちゃんが岐阜県は八百津《やおつ》の出だって言ったら、特に歓迎してくれたわ。おお、センポの所から来たのかって」

「ちゃっかりしてるわね。成績はどうだったの？」

「〝抜群〟をいただきました、ハイ」

あかねはにっこりと笑った。

「お前は授業料要らないからもっと長くいて勉強しろ、って言われたわ。でも、私は貴方がたとアラブとの戦闘には興味がないから、とハッキリ言ったわ。というより、ママが、どちらかというとアラブ寄りでしょ？　私、超の付く親孝行だから、ママに遠慮したのね」

「ママ関係ないでしょうよ。あなたが勝手にイスラエルのスパイ養成所に入っただけなんだから」

「ママこそ、スパイ養成所って、人聞きの悪い言い方しないでよ。この国、日本では〝スパイ〟はまだ卑語もしくはアクションドラマの定番言葉の類《たぐい》なんだから」

「わかったわ。もう」

「ママの原点は、奥平剛士《おくだいらつよし》の『天よ、我に仕事を与えよ』と岡本公三の『われわれ奥平と安田安之は天上の三つの星、オリオンになろうとした』だからね。娘がアラブの敵・イスラエルのモサドの学校に入ったなんて、ママ、本音の所では、穏やかでいられるはずがないだろうね。そんなことはわかっていた。……でも、違うのよ。私の場合は思想的背景は一切ないのよ。世界最強のサイバー集団、世界最強の秘密警察モサドのノウハウの一端に触れたかっただけ。四方を敵に囲まれ、資源も何もない小国イスラエルをどうして経営していこうか、常に考え続けている、永遠に考え続けている、それを見たかっただけ。世界のダイヤモンドのシンジケートを押さえ、永代にわたって支配し続ける家族をユニットとする経営体制、ナチスのホロコーストを生き延び、今度はナチスの残党を地の果てまで追いかける執念、一方でイエスを売った十三番目の使徒ユダという汚名を左肩に、文豪シェークスピア『ベニスの商人』での残酷な金貸しユダヤ人という汚名を右肩に、重い重い歴史的汚名を両肩に背負って生きてきたのがユダヤ人なんだわ。ユダヤの保険王ロスチャイルドを焚き付けてスエズ運河の株をイギリスに取得させ、代わりに首相ディズレーリにバルフォア宣言をさせ、積年の夢である故地パレスチナにイスラエル国家の建設を約束させたのも彼らユダヤ人のネットワークだった。そして命のビザを発行し続けた杉原《すぎはら》千畝《ちうね》（センポ）へのせめてもの恩返しにと、元リトアニア総領事杉原千畝の生まれ故郷、岐阜県加茂郡八百津にある墓に毎年花を手向けにやってくる心優しい人たちもまた、ユダヤ人なのよ。もっとテルアビブに居たかったわ。二〇一六年にチウネ・スギハラ通りと命名されることになるネタニヤ市の道を歩きたかったわ。できたら、ママの人生観を変えた三人の日本赤軍戦士の聖地であるロッド空港から冬の星座オリオンを眺めたかったわ、なーんてね。最近、イスラエルとアラブ諸国の雪解けも始まっているしさ。でも、日本で医師国家試験が待ってるからというのを言い訳に、というより、優先させた。それは、どうしても医者にならなければいけない理由が見つかったからよ。……話を元に戻すと、熾烈《しれつ》な内ゲバ戦争の結果、ついに、新左翼の雌雄は決したのね。強烈な選民意識、組織意識を持つ黎明派が、六〇年代のブントみたいに派手にはじけりゃいいとする新左翼の欠点を克服し、止揚し、吹き荒れる内ゲバの嵐に身を低くして通りすぎるのを待ったかいがあって、財政豊かなＪＲ労働組合を乗っ取ったのね。ブントの一派、日本赤軍派が日航機を乗っ取ったのとスケールが違うわ。あさま山荘を乗っ取った連合赤軍のバカどもとはスケールが違うわ。どちらかというと、アラブ諸国との戦いやテロから国を守ったイスラエルのモサドみたいな存在だわ、黎明派って。私は大嫌いだけどね。黎明派は直行派によって皆殺しにされて欲しかったわ。バールで頭かち割られる夢にうなされながら悶死《もんし》してほしかったわ。だって、日本が黎明派の手に落ちたら、この国はおしまいよ。日本を愛するならば、直行派には黎明派を、殺して殺して殺しまくってほしかったわよ」

あかねの目に涙が浮かんでいた。ひとり喋りをしながらどこに涙腺を刺激する言葉なり想念なりに遭遇したのだろう。どんな涙なのだろう。黎明派に勝てなかった直行派への無念のレクイエムか、それとも、無念の死を遂げた亡き父への想いからか——。

「一九八三年の十一月、国鉄民営化の三年半前に、あなたのお父さん、関川浩一郎が亡くなって、葬儀を西宮の関川の実家の葬儀場で済ませている最中に、あなたを身ごもっていることがわかったのね。今もあの葬儀に至るまでの一連の流れ、全く思い出せない。でも、あなたを身ごもったと知った時の何ともいえない感動、あれだけは覚えてるわ。何故なんだろう。あなた、ママのお腹の中から、一部始終を見てたんじゃないの？　今、そんな気がしてよ、ママ。でも、関川浩一郎を殺したのもあながち直行派だとは言えないかも知れない。晩年、関川さんが苦労した党内セクハラ問題なんかも、黎明が仕掛けた、なんていう説もあるほどだから」

「それって、一つの解釈に飽きてきただけかも、よ。やっぱり、直行でしょ？　パパを殺したのは……て言うか、パパって、どう見ても、自殺でしょ?」

あかねの横顔がますます浩《こう》さんに似てきた、話し終えた後、口元を一旦固く閉じる仕種まで似てきた、と思った。浩さん、生きていたら、あかねを見てなんと言うだろう。

「ママは葬儀のあと人民戦線派を正式に辞める手続きをして約十年ぶりに金山に帰ったのね。胎教にいいからって金山の父が送ってくれたウォークマンで、ベートーベンの『田園』のカセット聴きながら民営化前夜の殺気立った国鉄に乗り込んだんだわ。ママとしては組織を辞めた後ろめたさもあったからかな。関川の遺骨を分骨してもらって、桐箱をカタカタ鳴らしながら、得も言われぬ寂しさに耐えていたの。ただお腹の子を守らなくては、という思いだけが支えだった」

「向学塾にもその頃入ったんでしょ?」

「あなたが生まれた翌年よ。予備校バブルが始まっていた、ちょうどいいタイミングだった。あなたのお父さんがあんな風に亡くなって、あなたが生まれて、さあ、どうして食べていこうかっていう時に、予備校講師という、うってつけの仕事がもらえたのね」

「何で古文を教えることになったの? 古文は得意だった?」

「いや全然。私のお父さん、あなたの好きだった金山のおじいちゃんね、おじいちゃんが県庁に出張に行った帰り、岐阜の自由書房で百人一首かるたを買ってきて、妹を交えておじいちゃんが詠み上げてね、お母さんと、おばあちゃんまで加わって、家族全員でかるた取りをしたぐらいかな。だから百人一首の上の句を言われたら下の句が言える、という程度の知識はあったかな。岐阜大教育学部中退だから英語とか数学を教えるわけにもいかないしね。古文は、ほら、出典がこれ以上増えないでしょ。だからやれたのよ」

「でも、向学塾もマドンナ古文とか言っちゃってママを売り出してくれたから、こうして私も学校にも行けたし、アメリカにも行けたしで、いいことずくめだったわよね。子持ちであることは黙ってたんでしょ。アイドル並みの待遇ね。……でも、私だったら、古文とか、百人一首とか、とにかく文系は教える気しないわ。空しいわ、やってらんないわよ。私だったら、数学や物理の講師になってコンピューターの基礎の群論とか確率論とか乱数表をマスターさせてサイバーテロのエキスパートを養成するか、化学や生物の講師になってサリンとかVXガスの製造法を教えるわよ。ママには悪いけど、古文なんて、平安時代から江戸時代までの文物を、重箱の隅を突っつくように解釈するだけでしょ？　貴族同士の恋の歌だとか使用人に恋文を預けてだとか、どこまで能天気なんだか。バカバカしいったらありゃしない。中国の歴代王朝が、元と一時期の明の時代を除いて、たまたま海洋進出しない方針だったお蔭で平和が保たれた平和ニッポンの中で花咲いたのが王朝文学なんだよね、何べん読んでも、薄っぺらい愛国心の高揚にさえなりゃしない。よっぽど内ゲバ昭和文学の方がましよ。……ママには悪いけど」

「それはよーくわかりましたけど。あなた、ママに隠し事してるでしょ？」

私は、なぜか、あかねには、今こそこのタイミングでなら、そのことをもう言ってもいいかな、という気持ちになっていた。

「何か月？」

あかねは案の定、少し顔色が変わった。私はようやく娘に対して勝ち誇ったような気分になった。

「四か月目に入ったって、言われたわ。気付いてたのね、さすが、ママだわ」

あかねは観念したように、急に素直になって落ち着いた口調になった。

「母親なら誰だって気付くわよ。相手は誰なの？　ママの知ってる人？」

「それは、……今は言いたくないわ。でも大学病院にも言ってあるし。臨月になったら、研修期間を休学させてもらう手続きをしたから、その点は大丈夫」

「外国の人？」

「いや、日本人。……もうそれぐらいでいいでしょ？」

第二章　飛驒川

初夏を過ぎ、五月も下旬になろうとしていた。

向学塾は二〇一六年度をもって、きっちり辞めさせてもらい、破格の退職金もいただいたにもかかわらず、四月半ば、阪大プレ入試テストの担当だった教務の女の子が突然退職したと旧知の向学塾大阪校本部長からメールが入った。いやな予感がしたが、その予感は的中していた。何と、講師としてではなく、臨時教務の役割として一か月だけでもいいから来ていただけないかと懇願されてしまったのだ。

断りきれない性分の私は、二〇一七年度開講直後の四月半ばから五月半ばまでの一か月間というもの、京大入試プレテストと阪大入試プレテストの現代文問題と古典問題の公募への段取り、公募して集めた問題のセレクト、採点者へのガイダンス、まとめと全国のプレテスト参加校へのマニュアル作成の一切の準備を引き受けるはめになった。

一日も早く、娘が研修医として働いている白衣姿を見たかった。しかし、結局、研修先の千葉大学医学部医局での娘の晴れ姿を拝ませてもらったのは、法要のために金山に一緒に帰省するまさにその前日になってしまっていたのだ。しかも、その夜も娘は研修医仲間との飲み会に誘われ、私は一人で千葉のビジネスホテルに泊まることになった。朝早く腫れぼったい目をした娘と駅で合流して、新幹線から高山本線ワイドビューひだに乗り継ぎ、午前十一時九分に飛驒金山に着くことになった。

さすがに睡眠不足は否めないらしく、娘は新幹線が名古屋に着くまで、ほとんど眠り通しだった。

名古屋駅で新幹線を下車したあと、ワイドビューひだには十分ほどの乗り換え時間しかなかった。高山本線のホームで売られている弁当はどれもごはん系ばかりで、互いに顔を見合わせ、私も娘も、ビールだけにしとこうか、ということになった。

「これって、いつになっても慣れないね」

「何のこと?」

「昔泣き出したことがあったわ。ママと名古屋駅で別れて、迎えに来てくれたちさと叔母さんと金山のおじいちゃんちに行くとき、名古屋—岐阜間だけ、こう、電車が後ろ向きに進むのね。あれが怖くって、泣いちゃったの。ちさと叔母さん、優しいからおろおろしちゃって、気の毒だったけど、ママと別れたから悲しくて泣いてるんじゃなくて、ジェットコースターが滑り降りる前に一旦後ろ向きに上がっていくやつあるでしょ。あの時の恐怖を思い出してね。次に滑り降りるひとときが始まる直前の恐怖って、……説明しにくいけど」

ワイドビューひだ富山行きが名古屋を出て岐阜に着くまでの間は、座席からは後ろ向き、岐阜からは本来の前向きに変わる。東海道線から高山線に切り替わるためだ。言われてみれば、確かに、後ろ向きにスタートするのは、初めて乗る者にとっては何とも気味が悪い。

「ねえ、ママ、阪急ブレーブスの帽子を被った子どもの幽霊の話をして。あの話、何度聴いても、好き」

ずいぶん長い間忘れていた、私が小学校二年生の頃の話だった。初めてわが家に白黒テレビが入った、昭和三十六年の頃だった。掘炬燵《ほりごたつ》のある居間でテレビばかり見ていることを懸念した私と妹のちさとのために、父が、お風呂場の隣の物置を改装して子ども部屋にしつらえてくれた。それまで寝るときは、私と妹は二階の祖母の部屋で川の字になって寝ていたが、その時から私だけ子ども部屋に寝ることになった。

「背中の方に向かって進んでいくワイドビューの中で聴きたいわ。ママ、リクエストよ。

岐阜に着くまでに話し終えてね」

「わがままな要求だわね」

私は苦笑いするしかなかった。

「何から話そうかな。……まず、ママの誕生日って、四月二日でしょ。あれがとても嫌だったのね。だってね。新学期が始まって登校した最初からみんなより一つお姉さんになっているのよ。これって、嫌じゃない。でも、誰にも言えないじゃない。そこをあの子はからかってきたのよ」

「いきなり部屋に現れたんでしょ？　阪急ブレーブスの帽子を被って」

「そう。『自分、明日から学校やな。クラスで四月二日生れは自分だけやろ。めっちゃ、嫌やろ』って、キッタナイ関西弁で、にやにや笑ってんのよ。ママのベッドの上にちょこんと坐って、ね。野球帽被ってたけど、初めは、どこの野球帽かはわからなかった。その日はね、お父さんがもうすぐダムができるからって湖底に沈むことになる弓掛《ゆがけ》村に連れてってくれたのね。そこで工事用のヘルメット、子ども用をいただいてきたの。それを指差して、あ、これやこれやって叫んでたわ」

「怖くはなかったの？」

「怖いとかじゃなかったけど、『自分』というのが二人称だっていうのに気付くのに時間がかかったわ。自分、細江みゆき、言うんやろ。テストは全部満点なんやろ。アタマええこと自慢やろ、なんて言ってくるの。自分こそ名前言いなさいよ。と言ってやったわ。すると、何と答えたと思う？　ワイはバルボンや。知ってるか、キューバから来た助っ人外人バルボンや、だって。うそばっか、と言っても鼻で笑ってるだけ。それどころか、自分ら岐阜の田舎もんやから、中日と巨人しか知らんやろうけど、これから阪急ブレーブス、強なるでぇ、応援したってや。阪急ブレーブス、もう灰色のチームなんて言わさへんでぇ、なんてわけのわからないことをひとり喋りする。それで、バルボン君の帽子、阪急ブレーブスの帽子だって、初めて知ったのね」

「その時の帽子が、それから二十年以上経った後、パパの遺品の中から見つかったのよね」

「同じ帽子とは限らないけどね。でも確かに、関川の遺品の中に、古ぼけた阪急ブレーブスの帽子があったのね。浩さん、同じ西宮だしね」

「四年前、金山のおじいちゃんが亡くなる前の年の六月にね、おじいちゃんをクルマに乗せて京都の舞鶴に行く途中、西宮のお祖母ちゃんを訪ねたのね。パパの方のお祖母ちゃん。そっちのお祖父ちゃんはとっくに亡くなっていて、医院も畳んで、お祖母ちゃんは施設に入っていた。西宮のお祖母ちゃんに、パパのこと訊いたのね。子どもの頃、野球少年だった？　どんな野球帽被って野球してた？って訊いたの。そしたら、皆阪神か巨人のファンだったけど、パパだけはへそ曲がりで、ずーっと阪急ファンだったんだって。それ聞いたあと、何だかひとつ胸のつかえが下りた気がして、急に私、ご機嫌になれたのね。それで、その日はもっといいことがありそうだと予感しながら、金山のお祖父ちゃんを再びクルマに乗せて舞鶴に行ったのよ。それでわかったのよ。お祖父ちゃんが満鉄から帰還した昭和二十一年六月六日に、アメリカ船Ｖ７号で、葫蘆島《ころ》から最初に着いたのが舞鶴港で、何と、その時のＶ７号のレプリカが舞鶴の帰還記念館にあったのよ。おじいちゃん、泣いてたわ。私もよ。その時の引揚者の数が三四九二名。乗船する時全員にアメリカ軍から三段重ねの缶詰が配られた。その一番上を開けると何とタバコが入ってたんだってね。二番目と三番目に食糧。それで航行三日三晩を過ごせってことだったんだって。何ともアメリカらしいやり方だなって。こりゃ勝ち目はないわ、とつくづく思ったってね。だから、今でも日本はアメリカには絶対逆らえないって思ってるでしょ。アメリカには守ってもらえるって思ってるでしょ。うまいのよ、アメリカは。勝ち方がうますぎるのよ。二度と逆らえない勝ち方を知ってるのよ」

「何でもてきぱきとやっちゃう人ね、……いや、あなたがよ」

私は、背中から前に向かって時速八〇キロメートルで遠ざかっていく車窓の風景を眺めながら、隣でしゃべり続ける娘に改めて感心していた。

「その阪急ブレーブスの帽子を被った少年が、後に出会うお父さん、ということはないの？」

「面影すらないわよ。もし少しでも似てたら、お父さんと出会った時、ピンと来るはずでしょ？　阪急ブレーブスの帽子も偶然だと思う。そんじょそこらにある普通の帽子だし。あの野球帽の子は、その後もちょくちょく現れたわ。必ずあの部屋のベッドの上にちょこんと坐って。『自分、今日は跳び箱跳べへんかったやろ。何で、思い切り助走つけといてからに、途中で停まんねや。アホか』とか嫌なことばっかり言うのよ。よく喧嘩したわ。でも時々、世界情勢とか、そんな生意気な話もしてくれたわよ。ママが小学校五年生の時、東京オリンピックがあったのね。その閉会式の日に独立したアフリカの国があったの。ザンビアといって、銅のスプーンを咥《くわ》えて生まれてきた国や、とバルボン君は教えてくれた。『西アフリカのガンビアとちゃうで。ザンビアや。言うてみ。ザ・ン・ビ・ア。あ、でも、ガンビアも押さえとけよ。ベナンにあるガンビエとも違うで。アフリカのベニスと呼ばれとるガンビエ。実は単なる沼地やねんけどな』そう言って、くっくっくって一人で笑うの。それで、私が何の反応も示さないとね、また元に戻って話し始めるの。『……もうちょいしたらガンビアはセネガルの一地方のように囲まれて独立するけど、これから大変やろうな、セネガルに接収された方がええという奴らと、いや独立した方がええという奴らとが内戦引き起こすかもな』なんてニッチなことまでね、……とにかく言い出したら止まらないのね」

「この世に生まれて、言いたいことが山ほどあったのに、事故か何かで死んだんだろうね、その子。ママ、その子の話何度もしたけど、するたんびにエピソードが違うのね。魅力いっぱいの子だわ。あの世であれこれ学習したり経験したりしてはママに知らせに来てたんだよね、きっと」

「でも、ホントひとり喋りしてんのね、その子」

「まあ、精神科医にかかったら、ママは一発で統合失調症と診断されるわ」

「そうなの?」

「心配しないで。娘で医者の私が付いてるわ。うちの母親は確かに統合失調症の疑いはある左翼オバサンですが、娘の私が責任をもって隔離、治療いたしますからって言ってあげるから」

「ひどいわ。……信じてほしいとは言わないけど、バルボン君は実在したわよ」

「ま、バルボン君に遭ったと言い張るわけだから、手が付けられない統合失調症。どのみち田舎の女の子のままでは生きられなかっただろうね、ママは。まあ、今ならネットで何でも手に入るから、本や新聞なんか読まなくても、スマホからいつの間にか情報が発信されていて、みんなそっちの方信じてるから、結局犯罪にさえつながらなければ誰が何を信じようと平気。統合失調症患者がいたって迷惑じゃなければスルーしてくれるわ。それにしても、バルボン君、統合失調症患者の頭が作り出したバルボン君。スマホなんてなかったその当時、どこでそんな情報手に入れてたのかしらね。まるで、未来から来た少年みたいよね。阪急ブレーブスだって、もう無くなってしまったけど、あれから一旦は強くなったんでしょ。ユダヤ人が聞いたら小躍りしそうな話だし、人体実験大好きなナチスにかかったら、ママ自体良き被験者になるわ。ユダヤ人のユングを扱う心理学研究所に、その話、ママごと持ち込んでもいい……あ、もう岐阜に着いたわ。ここから電車は、前向きに進むから。零コンマ零何秒かにやってくる未来の風景を眺めながら、ね。心のどこかで安心して、次の話をするといいわ。もうバルボン君の話は、もうストップして。飽きたから」

「身勝手ねぇ。わが娘ながら、あきれちゃうわ」

私は本当にあきれて苦笑いをするしかない。

「あなたもシングルマザーになる覚悟なのね」

「いや、それはどうかわからない。相手の人が籍を入れたい、と言うならやぶさかでないし」

「じゃあ、不倫じゃないのね」

「だからぁ、誘導尋問は止めてね」

あかねは笑いながら横を向いた。


列車が岐阜から長森、各務ヶ原《かがみがはら》と下ってくるうち、私もあかねも急に押し黙った。ビールを飲むピッチが二人とも速くなる。じっと窓の外を眺める。車内アナウンスが入る。

――このあたりの木曽川は、ドイツのライン川に似ていると言われることから日本ラインとも呼ばれ……――

高山線に沿ってしぶきをあげながら流れる川が、下方に見えてくる。かつてはここはライン下りという川下りが名物だったが、すでに十年ほど前に廃止されたとのことだ。この辺りは木曽川だが、上流に行くと飛驒川と呼称される。

「ねえ、ママ、各務ヶ原の次は坂祝《さかほぎ》だっけ。で、その次は鵜沼《うぬま》、なのよね。坂祝と鵜沼の間、なのよね」

「うん。確かそう」

娘の言いたいことはわかっていた。

「確か、こっち側でよかったよね、ママ」

「うん、間違いない」

珍しく母を頼る娘の声が妙に心地よかった。

――次は鵜沼、鵜沼です。名鉄線にお乗換えの方は、ホームの階段を渡って……――

アナウンスが終わらないうちに、娘は言った。

「なかったね」

「うん、……なかった」

「ママもじっと見てたでしょ？」

「うん。ずっと見てたけど、あなたの見てる顔も見てた」

「もう取り壊されてしまったんだろうね」

娘は私の言葉をはぐらかし、ちょっとにやっとした。

「でも、あかね、実際一度も見たことはないんでしょ？」

「いや、あるのよ。小さい時に一度。あのときもちさと叔母さんと一緒じゃなかったかな。後ろ向きに進んで泣いた時じゃなかったと思うけど。その前、一度、ママから聞く前だったか、聞いた後だったかな。岐阜の大叔母さんの家におじいちゃんとおばあちゃんに連れられて行った時だったと思うわ。ママの話では、赤い屋根の家って、その前に絵本で見たヘンゼルとグレーテルに出てくる魔法使いのおばあさんの家のイメージがして、とても怖い気がしたの。……でも、ママ、やっぱり、あの家、今でも気になってたのね。……よかったー」

ふと見ると必ずそこにある風景……、誰に促されたわけでもないのについ目に入ってしまう風景というものは誰にでもあると思う。その時、どこからともなく、それを見るように促す声が聞こえてくる、子どもの頃から、何度もそんな声を聞いたような気がした。正直、血を分けた一人娘に、そういう心の体験を共有してもらいたかった、西宮から来た幽霊のバルボン君の話もそうだ。自分一人の心の器には収まりきれず、溢れるほどの不思議体験を娘にも掬《すく》いとってもらいたい。知力というにはまだ幼すぎても、感性は共有できるだろう、そんな子に対する親のエゴのような思いがあったのかもしれない。娘とは夏期講習会で、あと二週間ほど別れなければならない、途方もないほど耐えられない時間だ――そんな思いを込めて娘に話した〝赤い屋根の家〟の話が、私から心身ともに遠ざかろうとしている娘の心の中に今でも息づいていたことに、私は安堵した。特に今、話の最後に「よかったー」と言ってくれたことが嬉しかった。

一九八三年十一月下旬の頃だった。私はお腹にいるあかねに初めてお腹を蹴られたのが高山線のこの車両に乗っていた時――その時は確か、岐阜発猪谷《いのたに》行きの鈍行だったと思うが――その時にも、ふと目を上げ、あの赤い屋根の家が目に入ったのだ。同時に、関川の分骨を入れた桐の箱が、カタリと音がしたのを覚えている。

――呼んでいるんだわ、あの赤い屋根の家が――私は、鵜沼で途中下車する決意をした。

鵜沼駅にはタクシーが一台停まっていた。私を見るなり、タクシーの車体に片肘を預けて初老の運転手が、吸っていたタバコの火を消した。

「お嬢ちゃん。ライン下りかね。ライン下りはもう終わっちょるがね。もう冬だでねぇ。それとも犬山かね。明治村かね。明治村行きなれるんやったら名鉄の方がええよ。タクシー高いで、もったいないでね」

運転手が笑うと口いっぱいの金歯が陽光を反射させた。

「いえ、この高山線に沿って、岐阜方面に戻ってほしいんです」

「ええよ、ええよ。忘れ物でもしないたんかね。どこまで戻りゃぁええの？」

タクシーに乗り込み、赤い屋根の家を告げると、運転手は「ああ、あそこかいね」とすぐ了解した。

「あそこは犬山の明治村設計しないた人の家やったんやないかな。ほんだで、もう誰も住んどらんげに。外から覗きょうると不審者みたいに思われるといかんけんど、お嬢ちゃんみたいな人やったら、どうっさないわね。近所の人にも訊いてみたるわね」

赤い屋根の家は三方を高い木立に囲まれ、残りの一方が高山線に向いていた。高山線からはちょうど常緑樹の緑を背景に、赤い屋根の派手な建物が鮮やかに映えるかたちになっていた。この十年、私は、自分の身辺を探られることを極力避ける日々を送っていた。関川の帰りを待つアジトは、大阪梅田の扇町公園に向かう阪急東通り商店街のはずれ、「扇町モータープール」の中、鉄骨の階段を上がった強い西陽の差し込む二階の管理人室だった。そこの取り柄は、公安が時折行う過激派掃討のための〝アパートローラー作戦〟にも引っかからない、住民票を必要としない住処《すみか》であることだった。組織のシンパの一人の持ち物であると聞いていた。この赤い屋根の家のような〝目立つ建物〟ということそれ自体が、当時の私には異常なほどの違和感だった。

考えてみれば、もう隠れる必要はないのだ、関川は亡くなり、私は過激派組織を正式に辞めていたのだから……。これからは、どんなに派手に暮らしてもいいのだ。運転手のオッチャンの「お嬢ちゃん」という呼び名の見かけ通りに沿って暮らしていけばいいのだ——隠れて生きねばならない過激派の世界と、光を満身に浴びていい一般社会。今、その境目にたたずんでいる……私は、そんな奇妙な〝葛藤〟のさなかにいた。

「ほれ、お嬢ちゃん、このおばあさん、この家の近所の人だで。何でもよう知っとりんさるんやと」

運転手は腰の曲がったおばあさんを連れて来ていた。

「おばあさん、この人やて。このきれいなお嬢ちゃんがこの家のことをいろいろ知りたいんやて」

運転手の言葉が終わらないうちにおばあさんは話し始めた。

「このうちはなあ、昔は、じじ、ばば、おとう、おかあ、子ども三人の、まあ結構な大家《おおが》内《ない》やったんやわさ。それが一番下の子が小学校上がる前にな、中《なか》トラにはねられて死んでまってからおかしゅうなってまってな。その死んだ子いうのが、おかあがいちばんかわいがっとったもんやから、おかあ、気が狂ってまってな。終いに病気になって死んでまったんや。そうするとな、おとうがな、おとうは入り婿で設計士やっとったんやが、あんで、舅や姑と按配《あんばい》ようやっとらんかったんやな。そのおとうがよそに女作ってな、子どもら放《ほう》かっといて出て行ってまったんや。自分で作った、このけったいな家も飽いてまったんやろな、放かってまってな。そのあと、おばあが死に、おじいが死んで、子ども二人が残ったもんやで別々の親戚にもらわれていったんや。上の子は名古屋で板前やっとるしこうや。下の女の子はバスガールやったかいな。まあ、誰も帰ってこやせんがね。この家、家相からしてもおかしいいう話や」

そう言った後、突然、「あ、あんた、バスガールやっとるみっちゃんやねけ」と叫んだ。運転手は「そんなはずあらへん、おばあちゃん。この人、赤の他人や」と言い、「お嬢ちゃん、もう堪能しないたかね」と訊いた。

私が「はい」とうなずくと「メーター切っとったでね。あんまり料金かかっとらせんでね」と金歯を見せた。

鵜沼駅に戻るまで、私の心を領していたのは、私の出た下原《しもはら》小学校の五年生まで同じクラスにいた徳島昭雄君という男の子とその家族だった。今聞いた赤い屋根の家の事情とほとんどかぶっていたからだ。

その頃昭雄君の家は、やはり母親が亡くなった後、婿養子だった父親が年老いた舅、姑、それに昭雄君と妹の四人を捨てて出奔していた。彼が小学校三年生の時だった。四年生になると祖母が亡くなった。農業と山仕事をする祖父と昭雄君たち三人が残った。その頃から昭雄君は学校に来なくなり、担任の先生に頼まれて家が近い私が、放課後彼の家に説得に行かされた。私の住む大船渡《おおふなと》と彼の住む田島はともに高山線沿いにあり、トンネルを一つ隔てた隣同士の集落だ。私は家に帰り、カバンを置いて自転車を漕いで田島の昭雄君の家に向かった。

田島は江戸時代は天領で、明治の代になり、その地を治めていた代官が江戸に引き上げる際、佐古《さこ》氏という地元の賢者に田島の田畑山林を平等に分かち合うよう命じた。しかしものの三十年も経たないうちに貧富の差は生まれたという。何故か。もう一人、別の意味での賢者が賭場を開帳したからである。その人の名は麻生又兵衛と言った。人々は、やがて持家や田畑を賭けるようになり、破産する者や夜逃げする者も現れた。常に儲かるのは賭場を開帳した麻生氏の方であることは言うまでもない。麻生又兵衛氏はやがて、山林王且つ地主になり、燃料不足の時代を迎えたため、大量の炭を生産するための金木《かなぎ》を所有する山林に植え、大親方になった。炭の時代が終わると又兵衛氏の息子、長兵衛氏は金木の山林のある南向き斜面の山林を売り払い、今度は木材用のヒノキと杉を植えるべく北側斜面の山林を確保する。木材用は日当たりの弱い北側斜面にふさわしいからである。長兵衛氏は戦前戦後の県政にも参加し、地元政財界のボスになって国政に息子勘兵衛を送り込む。その息子たちは、地元にいくつも大病院を建て、岐阜県の政財界、医師会を牛耳るようになった。ただし、長兵衛氏は、昭和二十五年秋の台風と洪水が一気にやってきた日の夜、飛騨金山駅を降りてから、田島の自宅に着くまでの間に、行方不明になる。酔っぱらって崖道《ほき》から飛騨川に落ちたか、それとも賭場で財産を取られた者の恨みによる殺害だったのか、それはいまだ杳《よう》として知れない。そもそも死体すら今日に至るもあがっていないのだ。

昭雄君はいつも不在だった。ちさとと同級生の妹が玄関の前に立っていて、何も訊いていないうちから、右手を振りながら「お兄ちゃん、おらへんもん。お兄ちゃん、おらへんもん」を繰り返すだけだった。私は私で、意地でも昭雄君に会って学校に連れ戻さなきゃ、という〝優等生らしい〟責任感から、土間から靴を脱いで上がらせてもらうことにしていた。莚《むしろ》敷きの土間の上がり口で、昭雄君を待ちながらそこらに散らばっている『少年サンデー』『少年マガジン』『少年キング』といった男の子向け漫画週刊誌、『ボーイズライフ』といった中学生の男の子が読む雑誌までを、私は勝手に発行順にきちんと並べて、次々と読み耽《ふけ》った。昭雄君はその頃発刊されていた少年向け漫画雑誌のほとんどを見境なく、おそらく祖父の年金を持ち出して購入していたのだ。

日はとっぷりと暮れた。玄関のところで妹がこっちを見ている。おそらく妹は、私の来訪を昭雄君にすぐに告げに行ったのだろう。私が帰るのを待ってまた昭雄君に告げるつもりなのだろう。私の方も、むしろ漫画のキリのいいところで帰ってこないなら、このまま昭雄君が帰ってこない方がいいと、そんなことを願っていた。意地でも電気をつけようとしない妹と根競べをするかのように、漫画本を目元に引き寄せ、裏庭の池から反射してくる月明かりを頼りに、文字と絵を追い続けた。『少女フレンド』や『マーガレット』より断然面白い！　私は『おそ松くん』に出てくる頑張り屋のチビ太や『伊賀の影丸』にしばしば登場する、主君の気まぐれの命令に虫けらのように死んでいく下忍たちにも惹かれたが、一番私を惹きつけたのは、ちばてつやの『紫電改のタカ』の主人公、滝城太郎だった。登場人物のほとんどは戦死し、最後は教師になる夢を抱いていた滝城太郎も特攻隊員として死んでいくのだが、特攻を下命した上司に逆らって殴られ、その上司もやがて後を追うことを告げられて納得するシーンなどは、私は泣けて泣けて仕方がなかった。部屋が暗くて妹にもわからないだろうと思ったが、どうしても嗚咽《おえつ》を抑えることができないのだった。

おじいさんが帰ってきた。妹から説明を受けたらしく、私のところに来て手拭いを首から取り、深々とお辞儀をされた。おじいさんの汗の饐《す》えた匂いが闇を伝って私の鼻を衝《つ》いた。

「ども。すまんことですなぁ」

喉から絞り出すようにゆっくりと声を絞り出しながら、おじいさんは泣いていた。私の前で、闇を背に、何度も何度も涙をぬぐった。私も嗚咽をこらえきれなくなりわんわんと泣いた。玄関から妹のすすり泣く声も聞こえてきた。

結局、昭雄君には会えないまま、私は、高山線沿いの飛騨川を見下ろす崖道《ほき》を自転車を漕いで帰っていった。横を走っていた線路が突然消える。高山線がトンネルに入ったのだ。人家も消え、街灯も消え、それらを映していた川面も一切の光を失う。ここを走るときが一番怖かった。切り立った崖の枝々を伝って長兵衛さんがドサッと落ちてきて、背中に張りついてくるような気がした。闇の中で泣いている昭雄君のおじいさんの顔がなぜか何度も浮かんだ。漕いでも漕いでもなかなか自転車は前へ進まなかった。

見上げると、枝々のあいだに冬の星座が来ていた。頭上を一緒に動いていた。私は山あいの狭い夜空の半分を占める壮大な北斗七星より、三星ともくっきりと天上に端坐し、私にチカチカと光を落としてくれる明るく耀《かがよ》うオリオンに見守られている気がした。

高山線も、最初は、大船渡や田島とは飛騨川を挟んだ対岸に位置する、かつての宿場町菅田地区を走る予定だったらしい。それが菅田の大地主で貴族院議員だった土生《はぶ》氏の猛反対で断念させられ、やたらトンネルが多く、金のかかる今の地域に敷設されることになった。山々の間を縫うように飛騨川が流れ、それに沿って高山線が走る。先々を見通す力を持った麻生氏の鉄道誘致運動もあったに違いない。今、天上から夜の金山町を眺めたならば、かつて栄えた菅田は山だらけのほとんど人の気配のない殺風景な空間が広がり、大船渡や田島はかすかだが細い光の列が途切れ途切れに走っていることだろう。昼の金山町を眺めたならば、分水嶺から流れ落ちてくる川のあちこちに群青色のダムが点在し、緑深い山々の間にあるダムという溜池から反射する強い光が天上まで届いていたことだろう。

　私が三里塚闘争に惹かれ、学生運動に走った原点がここにある。満鉄から引き揚げ、入り婿として細江の家に入った父は、金山町役場に勤務し、産業課長になった時、金山町に岩屋ダム建設の話が来た。福井県との県境にすでに出来上がっている御母衣《みほろ》ダムに視察に行った父は、そこで農地死守、ダム建設反対を叫びながらやがて諦めて故地を離れた地元農民の町史誌と、荘川桜《しょうかわざくら》の保存に尽力した歌人佐佐木信綱の歌碑「すすみゆく御代のしるしとうもれても荘白川《しょうしらかわ》の名をとこしへに」の写真を土産に帰ってきた。中学生になっていた私も父も当然岩屋ダムで水底に沈む集落の人々を二分する闘争でも始まるのかな、と覚悟し、期待したのだが、結局誰一人反対することもなく皆中部電力から補償金をもらい従《しょう》容《よう》と故地を去っていったのだった。

　農民が過激派学生たちと組んで激烈な空港建設反対運動を展開する三里塚闘争に私が惹かれたおおもとの原点は、実のところ、この〝スカされた〟感覚だったのかもしれない。

山あいの金山の街に日の入りは早く、夕闇はそれこそ忽然《こつぜん》とやってくる。冬場など日の短い季節などは、陽は午後三時過ぎには山の端《は》に沈む。清流と日蔭を好むアマゴやアユの習性を知り尽くした釣り人たちが待ち望む「夕まずめ」が束の間訪れるのだ。日中の光溢れる世界が時の残酷に抗《あらが》いつつ消えかかろうとし、光は懸命に自らをつなぎとめようともがく。けれど力尽きる。一気に巨大な闇の世界が広がる。人々はこの少ない光の時間の間に懸命に働き、境目の時間に釣りを楽しみ、長い夜の闇が訪れるとその中に眠る。自然の摂理、お上の指示、それらに素直に従いながら生きていくのだ。これを〝スカされた〟と感じる私や、私よりもっと獰猛《どうもう》な性格のあかねは、この素直で従順な〝よき人々〟の世界に耐えられない。

昭雄君のおじいさんは、六年生の時に亡くなった。六年になると昭雄君とはクラスが別れたので、その時も彼は学校をしばらく休んでいたというが、私も昭雄君のおじいさんの死を知ったのは、死後一週間ほど経ってからだった。死んだおじいさんを土間に寝かせたまま、近所の人がたまたま訪ねてきて、遺体のそばに寄り添う二人のきょうだいを発見するまで、彼らはじっと遺体を見つめていたと聞いた。

その間、彼らは何をどうやって食べていたのか、どこで寝起きしていたのか、しばらくあれこれと噂には上ったが、やがて中学に入る頃には、彼らの存在自体、忘れ去られていった。別々の親戚にもらわれていったと聞いたことがある。昭雄君の方は大阪に出て板前をやっているとも聞いた。その話に私が信憑性《しんぴょう》があると思うのは、昭雄君らしき人を、七七年夏頃、大阪梅田の阪急百貨店の付近で見かけたことがあるからだ。

その時私は、人民戦線派のヘルメットを被り、マスクをして、阪急百貨店と国鉄大阪駅の間の歩道橋下でビラ配りをしていた。大阪で修業した板前らしく、髪の毛を短く刈ったいなせな彼の横には、すっかり美人になった妹が、まるで恋人のように手をつないで寄り添っていた。あれは間違いなく昭雄君とその妹だった。

それにしても、と時々私は考える。

田島の崖道の向こうの闇の中から抜け出してきて、まばゆいばかりの都会のカップルになった昭雄君とその妹は、そのまままばゆい光の中を歩き続けられたのだろうか、と。

そうではない、闇から出てきた昭雄君は、やはり闇の中に帰って行ったのに違いないと。

それは、それから一年ほどたったある日、扇町公園近くのアジトで丹念に新聞の切り抜きをしていた私の目に、大阪市福島区で起きたある事故の記事が飛び込んできたからだ。

「板前さん事故死（?·）」というほんの小さな記事だったが、事故死したのは「徳島昭雄さん（二十五歳）」とあったのだ。

記事は一人住まいのアパートの部屋のガス栓が出しっぱなしになっていて、そこで若い板前さんが死んでいた、というものだった。珍しくもない名前だったから同姓同名の可能性はもちろんあったが、私には妙な〝確信〟があった。普通だったら、気に留めるはずもない三面のベタ記事だった。なのにそこだけに引き寄せられるように目に留まった……まさしく赤い屋根の時と同じ、向こうからこちらを呼んでいる、そんな気がしたのだ。

記事の見出しの「事故死」のあとにクエスチョンマークがついていたのは〝自殺〟の可能性があったためだったろう。

新聞は、クエスチョンマークをつけながら、後追い記事を載せなかった。名もない板前さんの死など、事件性も、また話題性もないと見なしたのだろう。

当時私は非合法活動に入っていて、偽名を使い、住民票の無い生活をしていたから、実家ともかつての友人ともほぼ完全に連絡を絶ち切っていた。

私は〝確信〟した。昭雄君はまた自ら好んで「闇」の中に入っていったのだ、と。

そして私はもう一つ〝確信〟した。過去、現在、そして未来、しきりに赤い屋根の家が私を呼びかけ続けるのも、同じような境遇をたどった昭雄君が、冥界の中で、ふと小学校の頃のおせっかいなクラスメートのことを思い出し、冗談半分に私に仕向けたものだったのだ、と。

第三章　峡《かい》

小学校四年生の夏の暑い昼下がりだった。私は、馬瀬《まぜ》川と益田《ました》川が合流して飛騨川になる付近に架かる赤く塗られた太鼓橋《たいこばし》と呼ばれる橋の下、源念《げんねん》と呼ばれる深い淀みのところで泳いだ帰り道、駅前食堂の娘まりこちゃんと、だるい体を引きずるように歩いていた。プールは翌年の東京オリンピックに合わせてまだ建造中であったため、下原小学校の子らは太鼓橋の下の源念で水浴びをした。

川から上がって着替えるとよけいに体が火照《ほて》ってくる。太鼓橋から飛騨川沿いの道を歩き、もう一つの橋、金山橋にさしかかると体が一層だるくなった。

「石屋でアイス買って行かん？」

まりこちゃんが目を輝かせて言った。

「そやね。私が一つ買ってホームラン当たっとったら、それやるわ」

「半分齧《かじ》るまで当たっとるかどうかわからんやろ。待ちきれんから自分で買うわ」

「それもそやね」

疲れ切った二人は緩んだ笑顔を交わしながら、金山橋から石屋に向かって踵《きびす》を返した。

石屋の冷蔵庫は開け口が透明なガラスに替わっていた。

「開けて探いとったら、この前おばさんに怒られたからね。早よ閉めんと溶けてまうって」

「そうそう、私も言われたことある。そんで透明なガラスの冷蔵庫にしたんや」

「みゆきちゃんでも怒られたことあるん？」

「あるに決まってるやろ。しょっちゅうや」

二人がアイスを齧りながら出ようとすると、見知らぬおじさんが自転車を停めて入ってきた。冷蔵庫から自分でコーラを取り出し、駄菓子ケースの上に何も言わずお金をバンっと置いて一息に飲んだ。

「嬢っちゃんたち、アイス喰うと余計口が渇くで。ジュース奢《おも》っちゃるわ」

おじさんの言葉に、二人は顔を見合わせてうなずいた。

「どこの子や」

「駅前」

「私は大船渡駅裏」

「ほうか、ほな、二人とも乗りんさい。駅前と駅裏までやったら、ワシちょうど田島に用があるで」

体を揺らすと、胃の中のジュースがタブンタブンと鳴った。体のだるさは一層増していた。まりこちゃんは後ろの座席に、私はサドルとハンドルの間に渡した棒におじさんが布団をかけてくれてその上にまたぐかたちで乗った。乗ってから「しまった」と思った。おじさんの両腿に挟まれるように窮屈に乗っているため股が痛かったのと、おじさんのタバコと汗の臭いが至近距離から漂ってきて瞬く間に耐えきれなくなったからだった。

駅前の親のやってる食堂付近で、まりこちゃんは「あ、おじさん、ここや、ここや」と叫んで、自分で跳び下りた。

「ありがとう」というまりこちゃんの声が遠ざかっていった。

自転車はぐんぐんスピートを増した。私は何だか怖くなって声を出せないでいると、おじさんは何も言わず、大船渡の鉄橋を通り過ぎ、黙々と自転車を漕いで、田島へ向かう崖道をものすごいスピードで走り出した。

嫌な予感がした。おじさんは田島に用なんかない、このままどこかへ私を連れ去ろうとしている——そんな確信めいた予感がした。

「どこまで行くん。早よ降ろしてえな」私は初めて声を上げた。

おじさんは返事をしなかった。

自転車は田島を過ぎ、飛驒川にかかる七宗《ひちそう》ダムを右手に見つつ、集落の途絶えた野原を走った。おじさんの荒い息遣いがこめかみの間から伝わってきた。

陽はついさっきまで頭の真上近くにあったのにいつの間にか傾き、やがて向こう岸の井《い》尻《じり》の山の端に沈んだ。忽然と生じた暗がりがあたりに満ち、私は少し怖くなってまだ光の色を残す飛驒川のせせらぎに目を遣《や》った。その時だった。おじさんはいきなり自転車を停めた。おじさんと同時に私も右足を曲げて自転車を蹴りながら跳び下りた。手をついて膝を打った。掌に血がにじんだ。

「嬢《じょ》っちゃん。おじさんと仲良う、しなれんか」

おじさんはそう言って手を伸ばしてきた。おじさんの前歯は欠けていた。怖いというより、この上なく貧しい大人を見たという何とも情けない気持ちに駆られた。

私は咄嗟に道端の草むらに駆け下りた。そこには道は付いていなかった。スカートの下の素足に、朽ちた灌木《かんぼく》が突き刺さり、しびれるような痛みが膝付近に走った。見なかったが、血が噴き出ていることは明らかだった。見ないままの方が、草むらが尽きたところにある岩に飛び乗ることができるような気がした。飛び乗ってから膝を見ようと思った。

鈍色《にびいろ》をした岩に飛び乗って膝をつくと、ごうごうと音の鳴る切り立つ槍のように尖った岩と岩との峡《かい》に、そこまで透いていた碧水《へきすい》が激しく当たるや、にわかに白く縮み上がり、砕け散っていくのが見えた。それが間断なく続いている様に、私は改めて巨大な自然が「死の影」を引き連れて自分に迫ってきているのを覚えた。

おじさんは道端に立って何ごとか叫びながら手招きしている。膝の付近のあちこちに開いた小さな穴から案の定、血が噴き出し、時折そこに飛沫がかかり、私はその時初めて言いようのない憎悪に襲われた。この前歯の欠けた貧相な男に、恐怖というより怒りのようなものを感じたのだ。

私は思い切り顔を作り、怖い表情を見せようとした。それだけでは効き目がないと思った私は、川に飛び込む振りをして、男から死角にあたる位置に身を伏せようとした。川に飛び込んだと思わせたかったのだ。場所はあった。その水面に近く棚のようになった岩の上に移り、横ばいになると目の前に流れから取り残された溜まりがあり、黒くすがれた病《わくら》葉《ば》が浮かんでいた。激しい渓流の脇に、全く速度の違う水の流れがある、そこは目の前にいきなり現れた全く別の世界のように思われた。

次の瞬間、私は声を失った。目の前の岩の上に、男が立っていたのだ。

「嬢っちゃん。川にハマったんかと心配したに」

「来るなぁ」

私の声は渓流の音にかき消えた。私の声は恐怖心からではなかった。男の声が、相変わらず近所や親戚のあたりで聞くことができる声だったせいだろう。私はむしろ、峡の間にわだかまる水溜りの病葉に見入っていたひとときを邪魔された苛立ちで叫んだのだった。

男はいきなり衣服を着たまま川の中にどぼどぼと入っていき、そのまま下流に向かって泳ぎ始めた。

「嬢っちゃーん。自転車使ってええよ。家まで乗ってったら乗り捨ててどっかに放かりこんでくれたらええでね」

体を半分浮かせてそう叫ぶと、男は抜き手を切ってずんずんと川を下って行った。急流にさしかかる堰《せき》のあたりで男は向きを変え、岸に向かって泳ぐのが見えた。

あんな奴、死ねばいい——私は心の底からそう思った。男が生きようとする計算をきっちり働かせているのが、無性に腹立たしかったからだ。

私に初潮が訪れたのは、それから十日ほど経った頃だった。訪れたのは、あの峡の間にわだかまる病葉が、鉄砲水のようないきなりの渓水に呑まれる夢を見た夜が明けた朝だった。そしてその前の年、女子ばかりが講堂に集められて保健の先生から受けた講義の中での、異様で場違いだと感じた「生殖」という言葉が、十日前に膝から流れ出た血と同じ色の、夢の中の血の色のイメージとともに、甦《よみがえ》ってきたのだった。

第四章　刳《さくり》

「みゆきちゃんは今日も学校休んだんか」

お祖母ちゃんの声が谷の向こうの岩野《いわの》の畑から聞こえてきた。

私は早くお祖母ちゃんの所へ行こうと思い、鍬を担いだまま走り出した。

「お祖母ちゃんはみゆきが見えんうちからみゆきのこと見えてたん？」

私の言葉が言い終わらないうちに、大きな青大将が飛んできた。

「そっちいま青大将が行ったで、気をつけて。踏まんようにな。踏むと嚙まれるぞ」

お祖母ちゃんが開墾《けじ》をしている畑から投げた青大将は、私が渡ろうとしている橋の脇でいったん跳ねた後、石垣を垂れ下がるようにゆっくりと下りようとしていた。

私は青大将が石垣の隙間に隠れきったのを見届けて、橋を渡り畑に入った。

「やっぱヘビは苦手やわ。まだ虫の方がまし」

「けんど、青大将は悪させんでええわ。時々鶏の卵、呑みに来よるけんど」

「みゆき、勉強できるから毎日行かんでええね。どうせ勝男《かつお》のだばえた授業やで」

「勝男先生、だばえた授業か？」

「だばえたもええとこや。みゆきが答えるやろな、と思ってもみゆきには故意《やっく》と、あてよらへんねんで、勝男。わっかりにくい説明しよるし。こっちは旺文社ばらシリーズで予習しっからかいとるから、勝男の数学なんか出んでもええ。出ても無駄」

亀田勝男という私の通う濃斐中学の教頭は、私のクラスで数学を担当していた。私はそれが嫌でたまらなかった。勝男の他界した父親は、亀田定二《さだじ》と言い、この地方では、他人との山の境を示す伐《き》らないことが不文律としてある樹齢五十年以上の樹木を、いつも平気で伐り倒してしまい、境はここだったと新たな境になる樹木を指して、結局自分の領地を広げる手口で財産を増やしている「山迫《せ》りの定《さだ》」として嫌われ者の爺《じじい》だった。代用教員から教師となった息子の勝男は、と言えば、これまた〝学がある分だけ〟定二に輪をかけてタチが悪いというのが、もっぱらの噂だった。早くに未亡人となった私のお祖母ちゃんなどは、定二にはずいぶんと痛い目に遭わされたらしく、その話を聞かされて育った私は子ども心に、定二一家には敵愾心《てきがいしん》を燃やしていたものだ。

「開墾、手伝いに来たで。お祖母ちゃん」

「みゆきちゃんじゃ、まんだ無理やら」

「んなことあらへん」

私はお祖母ちゃんを睨《にら》みつけた。

「まあ、やってみ。お祖母ちゃん、見とったるからな」

「こんでもバレー部では次期エースアタッカーに指名されとんやで、お祖母ちゃん」

「みゆきちゃんは運動神経もええんやな。お父ちゃんに似てアタマもええし。将来は日紡貝塚に入ってバレーでオリンピックに出なれるか」

鍬を思い切り振り上げ、足元に落とすと、平らだった白い土がめくれあがってできた茶黒い刳から、ピンク色をしたミミズが二匹、くねくねと体をゆすって現れた。

「お祖母ちゃん、結構大きいメメゾやわ。さすがによう摑まんわ」

「学校いかなんだら千畝《ちうね》さまに叱ってもらうぞ」

その頃は、後に岐阜県が生んだ「命のビザ」で有名になる戦時中のリトアニア総領事杉原千畝は、美濃市や八百津町など地元の者の間でしか知られていなかった。祖母は、千畝さまと〝遠い親戚〟であることをよく誇らしげに話した。

「ほやから、バレー部には行っとるって。ちゃんとテストでもええ点取っとるし、心配いらん、て」

私はお祖母ちゃんの作った畝の横に畝を作っていったが、途中からお祖母ちゃんのと平行でなくなっていた。しかも剳の深さもまちまちで、何だか面倒になり、途中で投げ出したくなっていた。

お祖母ちゃんは笑って

「千畝さまもな、親父さまから医者になれ、医者になれと言われていたけんど、どうしても医者になりとうのうて京城医専の試験ではな、白紙の答案を出しないたしこうや。みゆきちゃんも、百姓家に嫁ぐわけやないんやで。無理せんでええよ」

「なんでわかるん？」

「今か時分、百姓家に嫁ぎたい、なんていう娘《こ》はおらんやら」

「私な、お祖母ちゃん、学生運動やりたいねん。あの人らアタマええのに体張って角棒振り回して世の中の不正を正そうとしてるやろ。考えて考えて考えた結果、これが正しいって決めたら角棒持って突っ込んでいくやろ。勉強だけしとるおとなしい奴はアカンねん、な、お祖母ちゃん」

お祖母ちゃんは笑って何も答えなかった。

その夜、久しぶりにバルボン君が部屋に現れた。

「自分、学生運動やりたいねん、言うたやろ。ちゃんと聴いとったぞ」

「そうや。言うたよ。将来一番やりたいことや」

「あんなんな、エリート意識の裏返しや。あいつら見とってみ。就職の時になると、きっちり散髪してきてな、まじめに勉強してました、なんて平気でうそついてあとはモーレツ社員になるんやで。漫画みたいなこと言わんときいな」

「あんたかて、漫画の主人公みたいなもんや。フッと現れてフッと消える」

バルボン君は急に悲しそうな顔をした。そんな顔は初めてだった。そして、その顔のまま本当に、消えていった。

バルボン君はそれっきり現れなかった。私が中学校二年の確か四月の終わり頃、連休が始まる前のことだった。


中学校三年になると、私の成績は目に見えて落ちてきた。周りからは、学校に行かないせいだと言われた。だが父も母も祖母も私には何も訊かず、何も言わなかった。それが救いだった。

私に言わせれば、それは中学三年時に新任教師として赴任してきた若い教師中西進のせいだった。中西は、大学を出たての、今で言う熱血教師で、国語を教えていた。長身で濃い顔立ちの運動神経のいい中西は生徒、特に女子生徒にとても人気があった。私のいたバレーボール部の顧問をして、エースアタッカーの私には、少々のえこひいきもしてくれていたが、私は好きにはなれなかった。たいした理由ではなかった。黒板にしゃあしゃあと「成績」の「績」を「積」と書いていたり、教科書の朗読で「重複」を、わざと「ちょうふく」と読むと、中西は、「あ、そこは細江、『じゅうふく』やぞ」などと大声で指摘するという、まさしく私の仕掛けた罠に引っかかる愚かな動物のような気がしたからだ。私も、その辺はもう中学三年生だったから、「どっちの読み方でもいいんですよ」なんてそれこそ愚かな逆指摘なんかはしなかったが、心の底では「こいつホント馬鹿」という声が渦巻いていたものだ。

その中西が満を持して始めたのが「五行日記」なる、教師と生徒との交換日記みたいなものだった。中西は奮発して自腹でクラスの生徒四〇人全員に大学ノートを買い与え、全員のノートの表紙にはご丁寧に「五行日記」と銘打ち、それぞれの氏名が記してあった。「毎日、何でもいい。何にもない日には、日記を書くために過ごしてもいいぞ。そんな日があってもいい」などと得意になって語る中西の口調の前には、私の心の底からの「受験に必要なことだけをやらせろや」という声もかき消されていった。
「秘密は守る。内申書にも影響しない。君たちの本音を聞きたいんだ。どんなことでもいい。みんなの心の中にあって、何らかのかたちで外に出したい、出さなければならない、青春の想いというか、先生もな、そういうもやもやを抱えた中学生時代だったから、よくわかるんや。毎日書いてくれ。継続は力なり、やぞ。受験勉強にも通じるものがあるはずや」

人気教師の熱血溢れる言葉に、皆身じろぎもせずに聴いていた。私もまた、聴いているうちに、それなら、という気になってきた。

これがけちのつき始めだった。

私は、大好きなお祖母ちゃんのことを書いた。そして、どうしても書きたかったこと、「山迫りの定」と息子の勝男のことを書いたのだった。当然五行では終わらず、残りは翌日、そのまた翌日、と、何だか新聞の連載小説のように、話は次から次へと展開した。エピソードがあり、その時のお祖母ちゃんや家族の悔しい気持ち、そして、日本がかつて中国や東南アジアや太平洋に領土を広げていく悪辣《あくらつ》さとの関連性などを書いた。さすがに「将来学生運動をやりたい」とまでは書かなかったが、中西からの、一行コメントが、「それは大変なことだったね」とか「お祖母ちゃんがかわいそうだったね」とかあって、私も、中西へのシンパシーが生まれてきて、どんどん書き進んでいったのだ。

いやな話が飛び込んできた。別のクラスになった駅前食堂のまりこちゃんから、中西先生が、教頭の亀田勝男先生たちと連れ立って、よく亀田先生の家でマージャンをした後、飛騨金山駅の終電時刻に合わせて閉店する間際に、駅前食堂にうどんを食べに来て、そのとき、五行日記の話でもちきりになる、という話を聞いたのだった。

「あー今日も五行日記、見なアカンのですわ。今日も寝るのは二時、三時ですわ」

「中西先生も熱心やね。いやあ若いって素晴らしい」

「生徒も父兄もよろこんどるよ。特に父兄の方はね。今か時分、親子の断絶ちゅうのが流行っとるでね」

「あんで、学生運動なんちゅう奴も、結局は親子の断絶やでねぇ」

まりこちゃんは面白い子で、それぞれ、どの言葉がどの先生であるかわかるような口ぶりをして私を笑わせた。私は、その中に亀田勝男の口ぶりがあるのをぞっとして聴いていた。

不安は的中した。

五行日記が始まってから一か月ほど経った頃、私は中西に職員室に来るように言われた。

そこには、まりこちゃんが口真似をした四人の先生がそっくりそのまま私を待ち受けていた。いつもの中西の椅子には、教頭の亀田勝男が坐っていた。

亀田の後ろに中西が立ち、話を始めた。
「ええか。細江。あんまり、人の悪口を書いちゃいかん。それはな、必ず己の身に降りかかってくる。悪口を声に出して言っとると、それがかたちになる、言霊《ことだま》っちゅうてな。まして書いちゃアカン。声よりももっと明確なかたちそのものや。ええか。これからは、もっといいことを選んで書け。お前は休んどる割にはよう勉強もできるし、バレーかて、うちのエースや。みんなのリーダーにならんとアカン」
亀田は腕組みをしたまま何も言わない。私は気が遠くなりそうだった。その後、どの先生が何を言ったか全く覚えていない。中西が一人でまくし立てていたようにも思える。

翌日から、私は全く学校に行かなくなった。バレー部は夏で引退していたから、学校の敷地内には、全く足を踏み入れなかったことになる。理由の欄に「発熱」と書いた欠席届を、毎日近所の二級下の子に職員室に持って行ってほしいと頼んだ。

休み始めてから一週間が経過した。土曜日、ジャージーを着た担任の中西が大船渡の私の家にやって来た。そろそろかな、と思っていたので、前もって母とお祖母ちゃんに頼んで、寝込んでいるので、出て来られない、と言ってもらった。翌週の月曜日には、中西は、父を訪ねて役場にまで足を運んだらしい。父は帰るなり、淡々と言った。

「みゆき。岐高は諦めた方がいいぞ。内申書がどもならん、中西先生は、そう言っとらした」

「内申書、関係ない、言っとったに」

「いや、中西先生はな、お前が中二の頃からな、よう仮病使って休んどったことも知っとりんさるんや。今度の五行日記の事件のせいやない」

――五行日記のせいに決まっとるやないか――喉まで出かかったが、父の穏やかな口調が私の荒ぶる魂を静かにぬぐっていった。こんな風にして、感情が消され、事実も真実も消されていくのだ、私はある種、悟った気分だった。もう人生には期待すまい――中学三年の夏はこんな思いを私に強いた。


一九六九年四月、私は県立岐阜北高校に入学した。トップ校、岐阜高校に大きく水をあけられての岐阜市内における二番手校だった。

第五章　人民列車

一九七三年四月三日、私はまるで何者かから逃げるように高山線に飛び乗ったのだった。行きたい大学ではない大学の入学式に出た後だった。サークルの新入生勧誘の声を全部振り切って、私はともあれ誰にも話しかけられたくなくて、金山のお祖母ちゃんの胸の中で泣きたくて泣きたくて、汗だくになって岐阜駅まで走ってきたのだった。

列車は空《す》いていた。私は前の座席にあられもなく足を投げ出し、岐阜大学入学証書の入ったカバンを足元に抛《ほう》り出した。

私は窓によりかかり、ガラスに映る泣き顔をした二十歳になったばかりの自分の顔を眺め続けた。

列車の通過に伴う巻風が沿線の桜木の枝々を大きく揺らし、幾百の花弁が曇天の遠景の中に吸い込まれていく。高山線は蛇行が多い。進行方向に目を遣ると、数秒後に行きつく先が目に入る。そこに曇天の隙間から質量感を伴う立体的な光が鋭く落ちてきて、くっきりとした桜木の影を作り続ける。それはやがて急速に飛び来たるいわば近未来の姿だ。しかし、未来は現在という〝悲惨〟の前で無残に砕け散り、瞬く間に過去へと遠ざかっていった、後悔という残骸だけを残して。

岐阜大学だけは絶対行きたくなかった。私の出た岐阜北高校の自慢は、岐阜大学合格者全国一位であった。岐大キャンパスには北高卒業生がうじゃうじゃいたし、現役で入ったかつての同級生が同じ大学の上級生になるのもいやだったのだ。もう一つの理由は、岐阜大学は工学部、農学部、教育学部、それに医学部しかなく、岐大に入る大抵の北高生女子は、教育学部に入って学校の先生になることがほぼ決められていたからだ。岐阜の、裕福でも貧乏でもない家庭の、まあまあの優等生で、かといって医学部に行けるほど優秀でもない女の子は、ほとんどがこのコースをたどる。岐阜県の教員採用試験に受かって教員になり、おそらくは教員同士職場結婚をし、子どもができて退職し、夫の赴任先について県下の教員住宅をめぐり、夫の定年後は結構な退職金と年金で、県内のどこかに家を建てて、やがて老いて死んでいく……こんな判で押したような決められた人生なんてまっぴらだ、吐き気がする……私の金山での宅浪時代はそんな思いでいっぱいだった。

私は、二年続けて一期校の京都大学文学部を受験し、そして二年続けて落ちた。現役の時は、京大など受かるはずもない成績だったが、京大だけを受けた。いわば覚悟の浪人だった。だが浪人して月に三度の通信添削と、旺文社のラジオ講座を毎日欠かさず受講するうち、成績もそこそこ伸び、名古屋にある大手予備校向学塾の中部統一模試では京都大学文学部合格可能性A判定をもらえるようになった。それでもその年は、これ以上浪人はしてくれるな、という病弱な母の懇願に負けて二期校の岐阜大学教育学部も受験することにした。結果は、岐阜大学に一浪で入ることになってしまった……。

七二年三月一日、すなわち現役の京大受験の前々日は、私は京都の受験生向け旅館で、前日まで続いていた連合赤軍による「あさま山荘事件」のダイジェスト番組に釘付けになった。その時はまだ、凄惨なリンチによる仲間殺し事件は発覚していなかったので、まあよりによって大学受験という大事な時に連合赤軍のお兄ちゃんたちはやってくれるね、頑張ってちょうだいという気楽な気分でずっと部屋のテレビを見ていた。旅館は勉強したい人用には、別の勉強部屋を用意してくれていたので、心おきなく遅くまでテレビをつけていられた。

岡山から来た、父親が検事という現役の法学部志望の女の子と二人だけの相部屋で、自己紹介しあってすぐに仲良くなった。児玉由紀子といい、丸顔で、黒縁の度の強い眼鏡をかけていた。

「女は普通母親と一緒に受けに来るやろ。うちら珍しい方やねんで。浪人したら京都の近畿予備校に行くからな、いっこも滑り止め私立受けてえへんねん、みゆきちゃんかてそうやろ」

「児玉さんはこの過激派のお兄さんたち、どう思う？　牟田泰子さん、大丈夫やったんかなあ」

「ゆきちゃん、でええって。……ほんなもん、全員、死刑やわ。あいつら牟田泰子さん、手籠めにしとったんとちゃう？　ぼっけえきょうてえ、とか、おえりゃあせんのう、ちゃーけーなって言葉、知っとる？　きっちゃない岡山弁やねんけど。あいつら全員死刑、これ確か。機動隊何しようとったんかのう？　もっとはよう突っ込まんと牟田泰子さん、犯《や》られてもうたんちゃうか」

「お父さん、検事って、すごいな。司法試験受かった人やねんな。京大出？」

「いや、スゴない、スゴない。一応京大やけどな。二浪してんで。東大と違《ちご》て出世できんわてぼやいてはったわ」

　児玉さんは、時々眼鏡を上げながら喋りまくった。寝る前にお互いの連絡先を交換して、受かっても落ちても連絡しような、と約束した。話し言葉とか顔とかとは裏腹に、ひどくきれいな字で、私は妙に感動した。

三月十八日に京大自治会から「ムネンサイキヲキセ」と、払った料金ギリギリの字数で不合格を知らせる電報が届いて、私は浪人が決まった。すぐに私は岡山の児玉さんの実家あてに手紙を書いたが、しばらくしても返事は来なかった。受かっていても落ちていても、いずれにしても京都に下宿しているだろうから、実家の親御さんはそちらに転送してくれているはずだと思いながら、私の方もすっかり忘れてしまっていた。

六月に入った頃、通信添削の返送答案の封筒より一回り大きな、「静岡大学自治会」と書かれた大きな茶封筒が郵便受けに入っていた。

差出人の欄には見覚えのあるきれいな字で「児玉由紀子」と書かれていた。

「お返事が遅れてどうもすみませんでした」で始まる長い手紙には、京都大学に落ちたあと、二期校の静岡大学人文学部法学科を受験してそこに入学したこと、再度京大を目指して予備校に通おうとも思ったが、親から、どうせ司法試験を受けるなら大学はどこでもいい、それより一刻も早く大学生になった方がいいからと言われたことなどが書かれてあった。それ以上に驚いたことは、静岡大学に入って、すぐに自治会に勧誘され、そこに加入したこと、静大自治会は直接行動派が握っていて、すでに彼女も直接行動派の同盟員として活動を始めたこと、沖縄返還阻止を叫ぶ直接行動派の隊列に加わって沖縄まで行ったこと、直行派三里塚現闘の団結小屋にこもって機動隊とぶつかったり援農で現地農民の家に泊まらせてもらったりしたこと、そして何より五月三十日のテルアビブ空港乱射事件で自爆した奥平剛士、安田安之、そして生き残った岡本公三らに限りない連帯の意志を熱く語っていたのだった。最後に、授業にはほとんど出てないので留年するだろう、親とは連絡を取っていない、来年は同学年になれるから、どこかで合流して今度会う時には二人とも大人になっているから一緒に呑もう、と書いてあった。そういえば、お互いの誕生日まで知らせ合っていたな、と思い出したが、そのあたりのクダリは京都の旅館で一緒だった頃の面影が残っていた。そしてその長い手紙と一緒に、「黎明派せん滅」の言葉が乱舞する機関紙『直接行動』最新号が添えてあった。

そこから私たちは、頻繁に文通するようになった。彼女の書く文字は、かつてのきれいな楷書体の字ではなく、角ばった、マス目の角にきっちり収まるような、いわゆるトロ字と呼ばれるものに変わっていったし、文体も直行派独特の先鋭的な決まり文句が多く使われるようになった。手紙を読みながら、だんだん彼女が遠ざかっていく気がした。

私の方は、何せ田舎にひきこもっての宅浪なので、代わり映えしない毎日で、模擬試験を受けに月に一度の割で、名古屋の予備校に行ったり、岐阜市で一番大きな自由書房や新左翼の機関紙誌が置いてある大衆書房、通院していた眼科のある美濃太田の丸圭書店に立ち寄る程度の動きしかなく、そこで見聞きする事柄や感想を書き記して送るしかなかった。

ただ、そこにも面白い風景があるにはあった。特に、大衆書房の地下売り場には、店主の好みもあったのだろうか、爆弾製造の方法を書いた黒ヘルと呼ばれる群小のアナキスト集団のガリ版刷りの機関紙誌の類が多く置いてあった。一階で仮面社から刊行されていたケース入りの吉田一穂《よしだいっすい》の詩を立ち読みし、ああこれ四九〇〇円もするのか、買えないなぁと諦めて地階に下りていくと、むさくるしい長髪のいかにも学生運動崩れのような男たちが数人、見入っていた爆弾製造機関紙から顔を上げて一斉にこちらを見る。皆おしなべて背が低い。ちょこっと勉強はできたかもしれないが、これでは女の子からは見向きもされなかっただろう。彼らが「革命」だの「恵まれない人を救え」だのを叫ぶこと自体が、「何言ってんのよ、恵まれない人はあんたでしょ？　その容姿で、そのむさくるしいナリで、誰にモノ言ってんのよ。チャンチャラおかしいわ」……そんなことを私は誰かに言いたくてたまらないところだった。

私の手紙は、あるときは、偏愛する吉田一穂の詩を引用して、いっぱしの詩論家気取りの手前味噌な批評だったり、またあるときは、大衆書房の地下売り場でうろついている、いかにもしょぼい容姿の男の子たちの革命家気取りを面白おかしく茶化したりしたものだった。とにかく読んでくれる人がいることが、私の唯一の慰めだったから、私の児玉由紀子への筆は通信添削の答案と同じく、いやそれ以上に、どんどん進んだ。

特に後者の、しょぼい容姿の革命家気取りの男の子の描写は彼女にも受けた模様で、彼女もその時ばかりは、毒舌家だった昔の素《す》に戻ったかのように、「その身長一五五センチの革命家の坊や坊や、ちょっとちょっと、あんたにしてもらいたい革命なんかこの世に無いんだよ。ご・め・ん・ね」とか「奥平剛士、安田安之は京大建築だから、天よ、われに仕事を与えよって言ったって、サマになるんだよ。プータローが言ったって失業保険もらえって話なんだよ」とか、私の文のそこかしこをわざわざ引用して漫才のボケに対するツッコミのように返してくれた。私は手紙を読みながら、一人笑い転げた。

ただし、その彼女とも、十一月頃になると全く連絡が取れなくなる。こちらが出した手紙が戻ってくるようになった。おそらく彼女は非合法活動に入って一般社会とのつながりを一切断ち切ったのだとあとからは予想がついたが、その時は、私の受験勉強を慮《おもんぱか》って身を引いたのだなどと解釈していた。

その後、三里塚などで直接行動派の隊列を見かけると、時折彼女を思い出して、その中にいるのではないか、などと目で探すこともあったが、ヘルメット、マスクをした大勢の女性活動家から彼女を特定することは難しかった。私もまた人民戦線派のヘルメット、マスクをしていたから、彼女から探し出してもらうことも不可能だった。

岐阜大学に入っても、私はなるべくクラスの人と馴染むことを避けた。特にかつての同級生との間には、どうしても埋めようのない溝を感じていたのだ。それは、私が心から願っていた「騒擾《そうじょう》せる解放区《カルチエラタン》」とも呼ぶべきバリケードで封鎖された学園の中での激烈な討論とか、時には革命的暴力《ゲバルト》が日常的に飛び交う風景が、なぜ急に無くなっているのか、ということに尽きた。

私がいない間、つまり宅浪をしていた間、あさま山荘事件があり、リンチによる仲間殺し事件があり、沖縄返還阻止闘争があり、テルアビブ空港乱射事件があった。なぜ君らはこれを継承しないのか。なぜ私の不在の間の留守番を十分果たしてくれなかったのか。

こんな私の不遜な思いが、私を彼らから、彼らを私から、遠ざけていたのだ。

「ママが現役生として受験する間際だった七二年の二月に、ニクソンショックと呼ばれた頭越しの米中急接近があるのよね。信じていたアメリカに日本が裏切られたあの時のことを、ニクソンショックと言うんでしょ？　まるでママの当時のこだわりをあざ笑うように、ね」

娘は明瞭な口調で話しかけてきた。隣でうとうとと眠っていたはずのあかねは、いつの間にか完全に覚醒して、いきなり私に毒づいてきたのだ。車窓の下には、飛驒川の渓水が洶涌《きょうよう》と逆巻いている。まるでその渦音があかねの脳髄に響き渡ったかとも思えた。

「でも、その半年後の九月に、田中角栄は北京を訪問して、周恩来らの出迎えを受け、日中国交正常化を実現する。そこで毛沢東と周恩来は、田中角栄に、日本に一切の戦後賠償なしとの約束をする。ねえ、ママ、なぜ彼らはそうしたんだと思う？」

歯切れのよい娘の問いに、私は答えられない。

「答えられないでしょう。世界の大国が大きく動こうとしているのに、当時のママを含めた若者たちが、みんなして左翼的表層を駆け抜けながら、バカげた内ゲバを繰り返していたからなのよ。いい？　アメリカは十九世紀、インディアンを殺戮《さつりく》しながら西漸《せいぜん》し、太平洋を臨むところまで征してきた。そこから黒船を出し、今度は太平洋を制圧しようとした。そして二十世紀、太平洋戦争で勝利をおさめたアメリカは、いよいよ世界制覇をもくろむ夢の実現の第一歩を踏み出した。それを中国はソ連ではなく日本と組んで、阻止しようとした。田中角栄という貧困層の生まれで今太閤を謳《うた》われた宰相は、社会主義国中国にとってまたとないパートナーに見えた。中国からすれば、角栄を使い、日本を左傾化させ、対米勢力を育成させようとした。角栄もまた周恩来の握手に、本物の涙を流して応えたわ。角栄の日中友好の願いは、日中VS米欧への礎《いしずえ》になろうとしたのよ。田中角栄が偉かったのは、条約締結の際に〝謝罪〟ではなく〝遺憾〟の文言を織り込んだことよ。さらに角栄は、ソ連をも取り込んで資源外交をやろうとしたわ。これがアメリカの石油メジャーの逆鱗に触れたのよね」

「ロッキード事件、てわけね」

「そう。その頃、まだママと出会っていないお父さんは、どうしてたかというと、ね。田中角栄の研究ばかりしてたのよ。乙原のちさと叔母さんの家に、お父さんの遺品が山ほどあるでしょ？」

確かにそうだった。非合法活動をしている間、私はどの身内とも連絡を取らなかったが、唯一妹夫婦だけとは連絡を取り合っていた。家宅捜索《ガサいれ》に備えて、大切な品々はすべて乙原の妹夫婦の蔵の中に預けていたのだ。それにしても——あかねは、大人になってからも、頻繁に妹夫婦の家に出入りし、蔵の中の関川の遺品を一つ一つ調べ上げていたのか。

「京大にいた時にね、『竹本処分粉砕』を時計台によじ登って書いたのは俺の友達だ、なんて自慢する教官がいたわ。ママ知ってるでしょ、竹本こと滝田修京大助手」

「もちろん」

「京大にはよくいたのよ。あの手の、有名左翼の近くにいたことを自慢する学者モドキが。何の新機軸も打ち出せないくせに、いまだに戦時中の瀧川事件を持ち出して、京大は東大と違って反権力の牙城だ、なんて言いつつ、国から給料もらっている何にも勉強してない奴らが。……で、その竹本信弘がね、三島由紀夫割腹の時、俺たち左翼陣営にも三島に続く戦士が欲しい、などとほざいたのね。自分は割腹する勇気もないくせに、ね。その点、私のお父さんは、三島は三島、あっち側の人。こっち側には田中角栄という筋金入りの左翼がいるって見抜いてたのね。でも、人民戦線派って、何にもないバカ左翼の集まりでしょ？　直接行動派のように暴力革命をひたすら追求する命知らずの無鉄砲革命家がいるわけでなし、黎明派のように、組織を重んじ、他党派を排撃してエリート意識を保ちつつ赤池イズムで、ひたすら卑怯にふるまうしたたかさがあるわけでなし。人民戦線派は結局、アタマの悪いブント主義なのよね。一発ドカンと花火を打ち上げて、ハイさようなら、という六〇年安保伝説のブント主義。七八年に成田空港の開港直前に管制塔を壊した人民戦線派唯一自慢の三・二六闘争ね。あれも単なる花火よ。後先考えないでやっちゃった花火よ。つまり、そもそもこれが原因で人民戦線派、急速に衰微していったのよ。だいたい一般社会でも、倒産する会社って、倒産する二、三年前が経常利益のピークなのよ。その時に調子に乗って無駄な設備投資をしたり、ボンクラな従業員の給料を上げたりしてんのよ。それで死期が早まるのよ。帝国データバンクの統計見りゃ誰でもわかるわ。そんな素人バカ集団の集まりだったのが人民戦線派という倒産物件なのよ。ここに何とか、頭脳を注入しようとして結局日の目を見なかったのが、私のお父さん」

「お父さん、それ聴いて、今頃天国で苦笑いしてる、と思うわ」

「ママたちがだらしないのよ。いやママだけじゃなくて、あの頃、みんなが甘ちゃん左翼だったたでしょ？　田中角栄と、パパは違った。パパはあの頃本当によくわかってた数少ない一人だったんだと思う」

　私はため息をついた。娘の攻勢に一息つかなければもたない、と思った。残っていたビールを一息に飲んだ。

「あかねが金山で近所の男の子と喧嘩してたの、ママ見てたことがあってね。確か小学校入る前だったかな、叩いてきた男の子に向かって『お前なんかなぁ、お前なんかなぁ、五十歳、独身、趣味パチンコじゃぁ』って言ったのよ。ママおかしくって、ね。その子、何のことだかわかんないから、眼を白黒させてたわね」

「ああ、覚えてるわ。あの子、確かトンネル工事で大船渡の近所に引っ越してきた子だったわ。ほら、あちこちのトンネル工事現場を渡り歩いている人、その家族。めちゃめちゃ痛いのよ、その子に叩かれると。何でかわかんないけど、とにかくめちゃめちゃ痛い。あれって、生まれつき喧嘩が好きで、ファイトの喧嘩では負けない人種だわ。こっちは口で勝つしかないしね。勝たなきゃ面白くないしね。でもその子、しまいに泣き出したの。そしたら……」

「そこのお父さんが怒鳴り込んできた……だったでしょ」

「そう。子どもの喧嘩に大人が口出ししてきたのよ。しかもその子男の子で、私は女の子よ。ママ、謝らなくったっていいのに、謝っちゃってさ。でも、私、知ってたのよ。知っててああいう言い方をしたのよ、あの時のあれって。その子の家の事情ってのも子どもながらに理解してたわ。遊びに行かせてもらったことあるけど、家具らしい家具が何にもないのよ。それでゴミ屋敷。小さな子どもと猫がそこらじゅう走り回ってたわ。子ども心に、この家は負け犬階層だな、ってわかってた。その子のお父さんも、自分へのあてつけと解釈したんだろうね」

何ごとも政治悪、社会悪と結びつけて考えがちな私たちの世代と違って、しゃあしゃあと貧しい人々を「負け犬」と呼べるあかねの〝自由さ〟が、つくづくうらやましいと思った。

「いや、あなたの話聞いててホント、今でも京大に行きたかったたって思うな。東大や京大に入って、教官に向かって、お前たちホント馬鹿！　と叫びたかったわ。でも、お前こそバカだろ、と言われたらシュンとなるしかないしね。岐阜大学、ホントにいやだったの。あなたのパパ、関川さんもね、京大中退でしょ？　そこがカッコいいのよ。岐阜大学から脱出したくって仕方がなかったところに、ママが落ちた京大の、しかも医学部中退の人が現れたらよ、イチコロよね。こう、敬語になっちゃうのよね。ああ、そうそう、岐阜大学の武勇伝、一つ思い出したわ。ママの武勇伝だよ、聴かせてあげようか」

「前に聴いたやつかな。でもいいわ。マドンナ古文の脱線授業。予備校界随一のマドンナ講師の雑談、清聴させていただくわ」

「何か皮肉言われてるみたいでいやな奴。……じゃあ、友達いないだろう娘にサービスして」

　車窓の向こうには、六八年八月、私が中学校三年の時に起きた飛騨川バス転落事故の慰霊碑「天心白菊の塔」が見えた。もうすぐ白川口の駅だ。その次は飛騨金山となる。

「岐阜大学に入った次の年ね、どうしても一人足りないから来てって、合コンというやつに誘われたんよ」

「行ったの？」

「断ったんだけどね。どうしても、って、比較的仲良かった同級生だった子が幹事やっててね」

「だから、行ったのね。それで？」

「医学部の男の子がいたのね。見た目もまあまあかっこよくて、医学部だし、女の子の目線がそっちに集中してるのね。その男の子も自信満々という感じで、他学部の男の子を茶化したりしてね、女の子もいちいちキャーとか囃《はや》し立てたりして、調子に乗ってるわけ。ママ一人つまらなさそうな顔をしてたら、その男の子寄ってきてね、俺クルマ持ってるからどっかドライブ行こうとか、くだらないこと言い始めたなと思ったら、腰に手を回してきたのよ。こう、こうよ。……それでママ、思わず言ってやったわ。『学生運動は、そもそもあんたたち医学部のインターン制度反対から端を発して〝大学否定〟〝自己否定〟に行きついた運動でしょ？　なぜそんなにはしゃげるの？　二期校の医学部がそんなに嬉しいの？　闘いで死んだ人もいるでしょ？　それとも東大なんかと違って、同じ医学部でも田舎の二期校だからって、バカに甘んじてるの？　バカのくせに人の体を治そうなんて、ふざけてるわ』って。当然、場は白けるし、パーティーは台無しになるし、幹事の女の子もそれ以来、口を利いてくれなくなっちゃった」

「その医学部の男の子も、処女の女子大生の腰に手を回した時のリアクション、計算してなかったところがバカよね」

「そこ？　そこなの？」

私たちはさらにビールをもう一本空け、結構な大声で笑いあった。

「でもね。そこから噂が広がるもんで、たまたま大阪市大からオルグ活動に来ていた男の子が連絡してよこしたのね。まだほら、個人情報どうのこうのと言わない時代だったから、金山の実家の住所調べて手紙をくれた子がいたの」

「その人が、八代隆司？」

「そうそう。会ってみると結構イケメンでね。少なくとも医学部のその子よりかはイケメンだったわ。人民戦線派としては、日本共産党の下部組織民青が牛耳り、嫌われもんの黎明派が時々暴れに来る岐阜大学自治会に、オルグを仕掛けて、誰か彼か有為な学生を一本釣りしようとしてたみたいね」

「中部地方に人民戦線派の拠点はあったの？」

「それが愛知大だけなのよ。そこもたいしたことない。絶えず黎明派の襲撃に怯えている。とにかくほとんどの自治会は民青なんだけど、そこに黎明派が時々襲い掛かるという図式ね。最後は確か黎明に乗っ取られちゃったんじゃないかな。黎明というのは一度も権力とぶつかったことないの。捕まってもすぐにゲロって出てきちゃうのよね。完黙なんか絶対にしない。公安からすりゃ、いい子いい子なのよね。そのくせ他党派にはえげつないくらいひどい暴力をふるう。五寸釘を打ち付けた棍棒で殴りつけるとか。特に弱小党派にはね。心身ともに相手を再起不能にすることなんか朝飯前よ。どうせお前らはバカだから俺たちの言うことを聞いてさえいたらいいんだ、そう言って暴れるだけ暴れて警察・機動隊が入る前にさっと逃げ去る。要領がいいんだから。そのくせ自治会費はきっちり取る。自治会費欲しさに自治会乗っ取りを策しているんだから。中部地方は一般に新聞、マスコミからして民度が低いから、そこに付け入って党勢を拡大した部分もある。黎明派ってホント、日本階級闘争史におけるアダ花、鬼っ子よ、ね。民度の低い中部地方、私立ナンバーワンの南山大学は黎明派が強かったかなぁ」

「それで、八代隆司さんに付いて、大阪に行くわけね」

「うん。まあ、八代君に付いて行ったわけじゃないけどね。結果としてはそうなる」

「で、八代さんとは付き合ったの？」

「いや。全く。……手も握られなかった」

「本当？　信じられないわ」

「信じてくれなくていいけど。……とにかく、浩さん、あなたのお父さんね、浩さんと付き合うまで、ママ、バージンよ。今の時代、何の自慢にもならないけど」

気がつくと、私は三本目のビールを空けていた。

人民列車というのは、東海道本線全駅に各駅停車をする鈍行列車のことで、大阪から東京にデモや集会などに参加するためによく使う関西の仲間内での呼び名だった。大阪発の人民列車は、いったん岐阜県の大垣駅で車両を増やすための連結作業を行う。そのために、大垣駅では少し長く停留する。

一九七四年十月九日深夜に、私は大垣駅から人民列車に乗り込んだ。私はドキドキしながら大垣駅で入場券だけを買って入っていた。改札を通った後も駅員がこっちを見てはいないか何度も振り返った。

車両の中を歩いて行くと、八代君が私を見つけ手を挙げて合図した。八代君の横が空いていた。私がリュックのまま坐ろうとすると、八代君が私の背中からリュックを持ち上げ、網棚を手際よくかき分けてそこに無理やりねじ込んでくれた。その手際の良さとマッチョでもない華奢《きゃしゃ》な見かけなのに意外に力強い腕力ぶりに、あ、やっぱりこの人〝過激派〟なんだわ、なんて妙に感心した。

あちらこちらの座席に、学生らしき男やサラリーマンらしきネクタイをした男、すでに冬物のジャンパーを着込んだ男などが目を瞑《つぶ》って坐っている。いびきをかいている者もいる。女は全く見当たらない。……と思ったら、後ろの席にニット帽を被った人がいる。この人はどうやら女の人のようだ。覗き込むと、その女の人も完全に〝女〟を捨てて、口を開けっぱなしにして眠っている。私も眠ってしまえば自信がない。そう思うとさすがに八代君の前で眠るわけにはいかないな、今日はこのまま徹夜だな、と思った。

「ええか。道中一回だけ車掌が検札に来る。寝たふりをするんや。絶対起きるな。男は体を揺すぶられて起こそうとされることもあるが、女には絶対車掌も触ってけえへん。それに、男はどうしてもあかん時は、切符はあの女の人に預けとる、と言うことになっとる。車掌はこらどもならんなあということになる。それが女の強みや。ええか、女こそ絶対起きるなよ」

八代君は嚙んで含めるように言う。

私は「はい」と答えた。

東京駅に着くと、ホームのあちらこちらに「渋谷から八〇円」とか「新宿から六〇円」とかいう切符が落ちている。定期券を持っている人が捨てていくのだ。それを仲間が拾うのだ。三里塚遠征組の中には拾う専門の係もいるらしい。ともあれ、そんな切符を使って降車駅でわずかな差額を払う。それが各駅停車の人民列車を使うメリットだ。前日夜に出発できなかった人は、やむなく翌朝の新幹線を使う。新幹線は検札が厳しいから食堂車かトイレにずっと居座るかしかない。食堂車で一番安いメニューはカレーライスだが、それでも一二〇〇円もするらしい。中には三時間半ずーっとトイレに籠っていた奴がいた、と八代君は笑った。

「おまけにそいつときたら、新幹線のホームには切符なんか落ちてへんことを知らんかった上に、東京の仲間に連絡取ることを忘れていて、あ、しまった、改札口で東京駅の入場券受け取ることができんわ、ちゅうことに東京駅で初めて気付いて、……そいでどうしたと思う？　とにかく改札口で人が少し途絶えたところを見計らって、ダーッと改札通り抜けよったんや。『あ、お客さん！』とか何とか駅員が叫んだような気がしたかせんかで、どうでもええけど、とにかく、ここでワシは捕まるわけにはいかん、ワシが捕まったら三里塚闘争はつぶれる、というワシの気概と、とりあえず追いかけんと上司に怒られるから追いかけんとアカンかな、という駅員の気概の違いで、ワシは勝ち抜いたんや、なんて嘯《うそぶ》きよった。あ、嘯くって、俺、生まれて初めて使《つこ》たわ」

そう言って自分で笑う。そしてやや間を置いて、

「みゆきちゃん。革共同両派の内ゲバの歴史って知ってるか？」

と訊いてきた。

「知らん。教えて」

「よっしゃ、今から長い道中や。大河ドラマ語って聴かせたるわ」

そう言ってまたにやりと笑った。今度は、右横に八重歯が見えた。とにかく八代隆司はよく喋った。

「まず日本共産党員が太平洋戦争の後、敗戦後に意気揚々と獄中から出てきたんや。唯一戦争に反対した、ということで獄中何十年という強《ごう》の者が次々と出てきて大衆の大喝采を浴びたんや。そして戦後初めての選挙で、この日共、どえらい議席勝ち取りよったんや」

「何議席ぐらい？」

「知らん。そんなんどうでもええ。とにかくどえらい人気やったわけや。ここまではええ。ここへGHQが介入してきよった」

「普通選挙はいつから？　GHQはまだいたの？」

「もう、うるさいなあ。細かな質問は後から受け付ける。いい？　それまで質問、クレーム一切なしや」

「ごめんなさい。続けて」

「えーと。GHQはな、レッドパージという名の共産党、共産主義者狩りを始めたんや。それで、日共としては地下に潜るわけ。地下に潜る言うたかて、地面に穴掘ってそこに潜る、いう意味ちゃうよ」

私は笑いをこらえた。

「こういう時は腹の底から笑《わろ》たらええねん」

八代はそう言った後、

「いや、でもな。こういう時に笑ったあとって後味悪いやん。こんなギャグで笑うなんて、大阪人にしては底が浅すぎるわ。ほやから、緒《はな》からいらんこと言わんでええねん。あ、自分で言うとるわ」

「八代君は大阪の人？」

「そや。それもどうでもええねん。……まあ、続きを言うと、……地下組織になった日共は、山村《さんそん》工作隊なんか結成して、地主を襲ったり、電線切ったりゲリラ活動してアメリカ早よ出て行きくされ、ワシら暴力革命やるさかい的な武闘集団になるわけ」

「それで？」

「それも長く続かない。やがて六全協で、武装解除が宣言されるわけ。議会政党になると宣言するわけ。ところがそれに従わない連中て必ずいてるわけや。悩む奴もいてるわけ。柴田翔の『されど、われらが日々――』はそういう真面目な奴らを描いた作品なわけ。一方、悩まないけど従わない、暴れたいし、笑いたい、そういう暴力好きのやんちゃくれ連中の奴らが、俺たちの前衛組織を作ろうと共産主義者同盟、ブントってのを作ってそいつらが日共の向こうを張って、六〇年安保闘争を牽引するわけ。そいつらの中にはおもろい奴らも多くて、北大全学連の唐牛健太郎《かろうじ》とかな、詩人の吉本隆明《りゅうめい》とかな。そいつらはいたけど、組織を作る知恵が不足してて、六〇年安保を最後に一切の運動から身を引いてどっかに就職したり、うまいこと大学の先生になったり、個人であれこれ文筆業やったりして、組織としては雲散霧消していくわけよ。まあ七〇年代まで細々と生き延びて赤軍派になったり連合赤軍作ったりした奴らはいたけどな。それは置いといて、ブントに飽き足らん奴ら、あるいやブントにいた奴らが今度はまともに組織を作って本格的に暴力革命やろうぜ、だから共産主義者同盟の前に、革命的を付けようぜ、となって、革命的共産主義者同盟、革共同を作る。ところが作ったはいいが、まず人民戦線派ちゅうのが割って出る。つまりわれわれは先に出た口なんや。次に、杉上雄一郎書記長率いる直接行動派と、盲目の教祖赤池芳生議長率いる革命的黎明派に分裂する。こいつらが、とことん仲が悪い。早稲田が舞台となってまず黎明の子が一人、直行にリンチで殺される。直行は自己批判しない。次に直行の子が黎明にリンチで殺される。これまた自己批判しない。あ、それ前に、黎明派、東大紛争の時も、機動隊が入る前日の夜になって守備するべき建物から全員が逃亡する、有名な黎明派敵前逃亡事件ちゅう奴や。黎明派はこれをやらかす。それで自己批判するどころか、機動隊にやられて息も絶え絶えの直行や他党派を背後から襲う、という卑劣漢ぶり。組織を温存するいうのが黎明の大義名分やな。だから、いま内ゲバ言うけど、どっちかというと、世間は、直行に同情的やな。黎明は殺されてもしゃあない連中、言うことで革共同内ゲバ史は推移して来とる。ところでさあ、黎明派、直行派、それにわが人民戦線派それぞれに、マドンナがいるって知ってる？」

「何、そのマドンナって」

「いわゆる美人シンパってやつ。黎明派は東大出のインテリ女優　伊藤かおり。直行派は反戦歌を歌う美人フォークシンガー、紅白にも出た　和泉ユキ。そしてわれらが人民戦線派はこれがまた白雪姫オーディションで優勝した今売出し中の美人女優　秋庭葉子。表には出さないけど、物心両面でお世話いただいております」

漫談みたいな語り口で、八代は、私の三里塚初体験の不安と緊張をほぐしてくれた。初めて過激派の仲間になって硝煙と業火の三里塚に行く――私の緊張は極度に高まっていたのだが、それを八代君がずいぶんとほぐしてくれたのだった。

翌日、三里塚は朝から土砂降りの雨だった。

人民列車では検札は一度も来なかったが、結局眠れなかった、ほぼ丸二昼夜一睡もしていない体で私は、三里塚芝山連合主催の総決起集会に初参加し、人民戦線派の隊列の中にいた。

　雨脚は強まるばかりだった。雨合羽代わりの赤いヤッケから、雨水がしみ込んできた。抵抗力が衰えた体が少しずつ冷えてくるのを覚えた。

「われわれはー、と申しますか、この雨はー、恵みの雨と申しましてー、われわれにとってはまことに恵みの雨、権力にとってはアダの雨ということになります――」

　あちこちからゲラゲラ笑う声が聞こえてきた。私もつられて笑った。

　石川キヨ子さんという、うちのお祖母ちゃんと同じ年恰好の、お祖母ちゃんよりもう少し、いやかなりたくましくしたような三里塚のおばあちゃんの、名調子で有名な演説が始まっていた。

　人民戦線派の隊列の隣は、直接行動派の大部隊だった。旗竿を立てた戦闘部隊の衣服は紺色、ヘルメットは白、ゼッケンの背中には、「黎明派完全せん滅」の赤文字が、けぶる雨もやの中に浮き出していた。この部隊は、見たことがある、と思った。母校、濃斐中学のバレーボール部が郡大会、飛騨地区大会を勝ち抜き、県大会で岐阜市の長良川沿いの県営グラウンドまで遠征した時のことだった。岐阜駅からマイクロバスでグラウンドに向かう途中、この白いヘルメットのデモ隊に遭遇したことがあったのだ。

「市民の皆様、私たちは革命的共産主義者同盟革命的黎明派のデモ隊です。プチブル諸雑派を蹴散らし、権力の謀略を打ち破り、革命の黎明を手繰り寄せるべく、日本人民の革命的解放をもたらさんと……」

あの時のデモ隊のスピーカー演説が、おそらく一字一句違わず、口を衝いて出てきた、ということは……直行派も、黎明派も同じデザインなんだわ。八代君が言ってた通り、内ゲバ両派は元は同じ革命的共産主義者同盟だったんだわ、そういうことか……私は得心がいった。

石川キヨ子さんの演説が終わり、各党派がバラバラに演説を始めた。

私は人民戦線派より、直接行動派の小柄で小太りの男の演説に聞き入った。雨脚が強くなり、各党派は競うように演説をぶつので、直行派の小太りの男の演説をすべては聞き取れない。どうやら小太りは全逓《ぜんてい》幹部の男だということが言葉の端々から受け取れた。ああ、そういえば、田舎の家に郵便物を配達してくるオッチャンにもああいう人のよさそうな、冗談とも愚痴ともつかないような下らない一言を言って帰る憎めない小太りがいたなぁ、ああいうのが環境のせいで直行に入り、人のよさゆえに〝出世〟して、革命家（？）の道を生きがいとして生きていくようになったんかなぁ、などと思いを巡らせた。小太りの口からは、全逓の仲間を黎明に殺され、その復讐戦として、「是川を重せん滅した」という言葉が何回も繰り返された。重せん滅という言葉は、殺害には至らず、重傷を負わせた、ということを意味すると受け取れた。そういえば、先日見た黎明派の機関紙『黎明』に、是川同志が権力にやられた、具体的にオオトモという現職の警官の名を口にしていたから間違いない、という記事が書いてあったのを覚えていた。このことを指すのか、と私は思った。

その後、今度は、その直行派の小太りの男が黎明派に殺されたのを『黎明』紙にて読むことになる。あ、もしかしたら、十月十日の雨の中での全逓直行派を代表しての小太りの男一世一代の演説が命取りになったのかもしれない、とピンと来た。あれを私同様、集会のどこかに紛れ込んで聴いていた黎明派のスパイが、是川某の殺害未遂の下手人もしくは下命責任者を小太りの男と認定したのだろう。降りしきる雨の中、あの演説を聞ける至近距離は、私のいた位置からもそう遠くないはずだ。……ということは、黎明派のスパイは、私の近くにいたんだ、そして次の殺害ターゲットとして小太りを見定めていたんだ、そう思うと、少し背筋が寒くなった。

ところで、黎明派の機関紙には「是川同志への血の復讐戦」とあった。これって、変、と思ったのは私だけではあるまい。黎明派機関紙の論調では、是川同志を重せん滅したのはあくまで権力であるはずで、しかもオオトモという現職の警官名まで上がっているのであれば、当然復讐戦は、権力に向かわねばならないはず。ところが、実際は、声明を発表した〝権力の走狗〟直行派に対する復讐戦に勝利した、とある。ここのところは、黎明派が唱える〝権力の謀略〟論は、都合よく封印している。やはり〝権力の謀略〟なんていうのは、盲目の教祖赤池芳生の単なる思い付きから発したものだろう。でも誰も文句は言えないのだろう。赤池議長が盲目であるということもカリスマ性を高め、不可侵状態にまで昇華させている原因であることは間違いない。うまいことやってんだな、黎明派って、運がいいんだな、最後にこんなのが勝つのは嫌だな、だったら保守党の方がましだわ、私にはそう思えた。

集会が終わるとデモに移った。

わが派も、反対同盟の農民集団を先頭に二番手で、シュプレヒコールを上げながら集会場を出て三里塚の農道をジグザグに行進していこうとしていた。農道にさしかかる時、二番手をどの党派が取るかについて小競り合いが始まった。

最大党派・直接行動派が強引に二番手を取ろうとする。初めから屈強な男を旗竿部隊のすぐ後ろに置いておき、横からいきなり人民戦線派に体当たりを仕掛けてきた。人民戦線派は、旗竿部隊の後ろには身体障害者の車椅子を押す女の子や小柄な男の子たちで、その後ろにも女性ばかりの集団が続いていた。私は男女混合の集団にいた。さすがに直行は、障害者部隊には手を出さなかったが、その次の女性部隊には容赦なく体当たりしてきた。たちまち雌雄は決した。人民戦線は散り散りになり、機動隊に赤ヤッケの首根っこを掴まれて後ろの隊列に放り投げられるように戻された。二番手はいともたやすく、屈強な直接行動派が制圧した。

私は横五列の中では、直行派の部隊に一番近い端っこにいたが、私の隣の男の子が、私の安全を考えて入れ替わってくれた直後だった。体当たりしてきた直行派がその男の子の顔面をいきなりこぶしで殴ってきた。男の子のマスクは見る見る血で染まった。それでも男の子はジグザグデモに付いて行こうとして前の人の腰を掴んでいた。

「まっすぐ行けぇ、こらぁ」

叫んだのは直行派ではなく、青い戦闘服を着てジュラルミンの盾を持った機動隊員だった。私と背格好も変わらない男の子に、その機動隊員は叫んだ後さらに握りこぶしで顔面を殴ってきた。男の子は昏倒した。私は思わず隊列から離れ男の子に覆いかぶさった。男の子に蹴りを入れようとした機動隊員のつま先が私の脇腹を直撃した。

「なにすんじゃ、こら」

私は振り向いて男言葉で叫んだ。男の子を抱き上げ、肩を貸して横の田んぼ道に向かって歩いた。さすがに機動隊の列は少し間を開けて通してくれた。「ごめんね」と鼻声で男の子は耳元でささやいた。水溜りを避けながら歩き、小さな納屋の軒先に男の子を運び込んでそこに寝かせた。「ごめんね」とまた鼻声で男の子は囁《ささや》いた。背中のリュックからバスタオルを取り出して男の子の頭の下において枕にしてあげた。血まみれのタオルを顔から外すとき男の子は少し痛がった。鼻血は止まっていたが鼻あたりを中心に腫れ上がっている。その時だった。

「大丈夫ですか」

と声がした。

きれいな化粧をした目を瞠《みは》るような美しい女の人が缶ジュースを持って立っていた。細いハイヒールを履いていた。これはまさに八代君が言ってた女優だわ。一目でわかった。

「大丈夫なわけないよ。あっち行って、邪魔だから」

私は無性に腹が立った。

美しい女の人は、

「ごめんなさい。人呼んできます」

そう言って立ち去った。

夜になって八代君たちに連れて行かれたのは、田町の居酒屋だった。店に入るなり拍手が起こった。私に向けられたものだと気付いたのは三秒ほど経ってからだった。店は人民戦線派の学生たちでほとんど貸切状態だった。あちこちのテーブルはどうやら地区ごとに集まったメンバー同士で固まって飲んだり騒いだりしていたようだが、一斉にこちらを向いた。拍手が鳴りやむと、八代君は、

「えー、ちょっとお時間を頂戴しまして、新しくわれわれの仲間に入った、岐阜大学のとってもかわいらしい同志をご紹介します。入る早々、新潟大学から来た同志の救護活動をしてくれまして、野戦病院に運ぶまで付き添ってくれました。お蔭で権力の手に落ちることなく、その新潟の古橋同志は顔面、特に鼻は折れたみたいですけど、無事われわれの手に奪還され、かつ今現在も点滴を受けるなど、手厚い救護を受けております。最初からヒットを飛ばしてくれました、細江みゆき同志です。では、細江同志、一言」

私は「細江みゆきと申します。よろしくお願いします」とだけあいさつした。再び拍手が起こった。

「アンコール、アンコール」

と誰かが叫んだ。

「え、俺?」と八代君は言い、同じ声が「おめえじゃねえよ」と間髪を容れずに入り、皆

がドッと笑った。

「あ、こっちね。あとから、テーブルを回るから」

八代君は、すかさず合いの手を入れ、私を促して、空いているテーブルに案内した。

そのテーブルで、八代君は、

「改めまして乾杯の音頭を取らせてもらいます」と言い、「おめえ、出過ぎだよ」の声に、「出過ぎた杭でございます」と答え、「それでは乾杯」と叫んだ。すぐその後、私を別のテーブルに連れて行き、私を紹介しつつ、乾杯を繰り返した。三つ目のテーブルが一番盛り上がっていた。私もだんだん酔いが回ってきていた。

「へえ、岐阜大か。珍しいね。あそこ、誰かいたっけ」

「いや、あそこは誰もいやしねえよ。この八代ががんばってるけどよ。いかんせん、大阪から出張だからな。拠点を築くもクソもねえべ」

「そりゃ貴重な左腕投手だわ、細江さん」

「やっぱ、あこは民青か」

「そうやな。黎明や直行よりましだけどな」

「いや、民青も結構、武闘派いるって言うぜ」

「直行や黎明に比べりゃおとなしいけどな」

「その点、あの法政で直行に日々囲まれて小突かれながらも頑張っている中島なんか、えれぇ苦労してるぜ。おい、中島、ちょっとこっちゃ来いや」

隣のグループで飲んでいた角刈りの学生がこっちを向いた。

「中島、お前の武勇伝、聴かせてやれや。この細江さん、穏やかな岐阜大から来たから法政の激しい話訊きたいんだって」

「初めまして。中島です。法政大学では直行派のサンドバッグやらせてもらってます」

「おう、その話、その話」

「中島治郎と申します。美しい細江さんに会えて光栄です」

「もうええから、何度もクソみたいな自己紹介はええから」

八代君が絶妙な茶々を入れる。

「私が、法政大学二号館の脇を歩いて行きますと、向こうにでっかい立て看板が立てかけてありまして、直接行動派の学生が、一二年生とか、一五年生とかの大先輩の学生様がおられまして、呼び止められます。『おう中島君か、久しぶりだねぇ、このまえの戸村委員長を招いての人民戦線派主催の三里塚集会、どうだった?』『はい。直接行動派のカンパニア闘争などと違って、真の大衆党派人民戦線派による大集会は、戸村委員長のカリスマ性とも相まって、無事成功裏に終了させていただきました』『ほう。わが直接行動派はカンパニア闘争だと言うんだね』『はい。その通りです。ゲリラ闘争、対黎明派せん滅闘争などと謳いながら、その実、大衆の真の革命的心性から遊離したカンパニア闘争に明け暮れ……』ここで、ボコッと一発顔を殴られます。『え、もう一度言ってごらんよ。どの口が何て言ってんのかな』『一見武闘路線を歩んでいるかに見えながらその実、カンパニア……』ここでまた腹に一発グサッと。これがきつい。吐きそうになります。『よく聞こえなかった。歩んでいるかに見えながら、からが聞こえなかったんだけど、もう一度言ってくれるかな、中島君』『言います。その実、ヘタレ集団直行派は、カンパニア路線しか……』ここでまた、一番きついボデーブロー。『おーい。この法政大学でも骨のある純トロッキストがいたぞー。みんな出て来いや』、大勢出てきます。だって、ここ二号館は、彼ら直行派の宿舎でもあるんですから。家庭持ってるのもいます。『おめえか、中島君は。漫才〝田園調布に家が建つ〟のちっこい方のような顔して、なかなか骨のある奴じゃあねえか。どうだ、うち来ない？』『いえ。カンパニア党派には断固として参りません』『バカ、本気にするんじゃねえよ』、そう言って今度は集団でボッコボコにされます。『転ばなかったぞ』『バーカ、おめえはキリシタン伴天連《ばてれん》か』『転ばなかったぞ』『バーカ、おめえは中野重治〝村の家〟か』、どんどんボコボコにされます。体中が腫れ上がります。そしてその日の半分が終わります。革命的学生生活の楽しい一日の始まりでした」

私は笑いっぱなしだった。八代君は、

「飽きたなぁ、中島の話は。家族持ちの直行派の法政二号館住まいはちょっと笑えたけどな。あれはもっと調べて膨らませな、アカン」

と言い、

「あと、オヤジが警察官で、兄が自衛官ちゅう、極めつけから二番目の話も中島の得意ネタやったな、あの話はこの次せえ」

「何でおめえが仕切るんだよ。そんな話、膨らまないじゃないか」

中島君の話が終わらないうちに、八代君は、

「いや、ちょっと、そっちのテーブルにいる服部。ちょっとこっちに来いや。……何でもいいからこっち来いや。来てーや。な、頼む」

ひょろりとした背の高い服部と名指しされた男がのっそりとやってきた。

「相変わらず仕切ってんな、八代」

「ちょっとそこに並んでみいや、二人とも、早よ」

「え、私？」

「細江さんやないよ。細江さんは見る人なんよ。並ぶのは、服部と中島だよ」

「俺らがか？」

「あったりめえだろ。おめえらしかおらんやろ」

私の目の前に、長身の服部と、小柄で丸い体型の中島が並んだ。

「ほら〝田園調布に家が建つ〟の漫才してみろや」

「そういうこと？」

「そうや、そういうことや」

八代は中島と掛け合いだ。

「いや実は、細江さん、よーく聴いて！　田園調布に家が建つ漫才ではなくて、あれは単なる〝呼び水的前座〟で、何のことやらわからんやろけど、本番はクイズです。この二人に共通するものは何でしょうか」

「ええ？　見当もつかないです」

私は答えた。

「第一ヒントを言います。服部幸蔵は忍者服部半蔵の子孫です。はい、ヒント言いましたよ。答えて下さい」

「忍者服部半蔵と、田園調布に家が建つとはどんなつながりがあるんですか？」

「じゃあ、第二ヒントを言います。服部の伯父さんは、服部泰蔵といって、警視総監です」

「あ、わかった。どちらも身内が警察関係者？」

「ピンポーン。正しくは、どちらも身内に許しがたい国家権力者がいること、やで。革命が起こって政権がひっくり返ったら真っ先に死刑になる人種。ここで極め付け一位の話になるんよ」

デモや集会に参加する場合、前もって身内に権力関係者がいないかどうかが調査される。それはもし捕まって身元がわかった場合、面倒なことになる度合いが高いからだという。逆に日本の今の時代、今の体制で、自衛官や、警察官になる場合も、身内に共産党関係者や政治的思想的犯罪を犯した者がいたらハネられる、と聞いたことがある。そういえば、防衛大学校志望者が大学校から願書を取り寄せようとすると、普通の大学の場合は郵送だが、防大の場合は、現職の自衛官が直接家にまで持ってくるという話だ。理由は、家の周りにその種の選挙ポスターが貼ってないかとか、家人の雰囲気からして、その種の関係者でないかとかを探るためであるらしい。革命党派にいる以上、デモや集会のたびごとに申告させられる時は、中島や服部は少し肩身が狭い思いがすると言った。それらの話を聞くと、私は、ああ、ここまで自分は来てしまったんだなぁと、父や母や妹の顔が浮かんで、少し申し訳ない気がするのだった。

「服部と中島はね、特に服部はね、関川さんに可愛がられているんや」

八代君は言った。

「関川さんて、あの、三里塚現闘の委員長の？」

「そう。京大医学部中退かな。除籍やったっけ。とにかく、まあスゴイ人やから。武闘派だけど理論家だし、詩人だし」

「詩人？」

今時そんな人いるんだ。私は浪人時代に詩人吉田一穂に出会ったシーンを思い浮かべた。


あれは七二年五月初旬、宅浪を始めて最初の模擬試験を名古屋の、向学塾予備校に受けに行った帰りのことだった。千種の校舎を出て駅に向かっている途中に、

「おう、細江じゃねーか」

と呼び止める声に振り向くと、岐阜北高の時に一緒のクラスだった水谷久則君が女の子を連れていた。

「何しとんのや。こんなとこで」

「何しとんのやって、模試の帰りやん。浪人しとるんやもん」

「あ。そうか。すまんすまん。おめえ宅浪やったな。飛騨金山に帰るとこか」

「水谷君は、名大受かったんやろ。おめでとう。工学部やろ。すごいな」

「ありがとよ。ほんでも冶金《やきん》学科やで。偏差値一番下や。将来は鍛冶屋《かじや》だわ」

苦笑いする水谷君の横の女の子が「鍛冶屋って何？」と小声で訊いた。水谷君はそれを無視して、

「細江にええもんやるわ。これ古本屋で買ったやつやが、女の裸、載ってないやつやからどっさないやろ。ええか、見てみ、この『子連れ狼』、これいいぜ。これ帰りの汽車ん中で読んでけや。ほな」

そう言って彼は「漫画アクション」を私にくれた。

暮れなずむ飛驒川に沿って走る汽車の中で、私は水谷君のくれた漫画を開いた。『子連れ狼』を読んだが、なるほど、絵が上手いな、と思えただけで、さほど心に残るものはなかった。ところが終わりのページの方に上村一夫という作者の『マリア』があり、その絵柄に惹かれて読み進むと、主人公のマリアがお腹に赤ん坊がいることを知るシーンがあり、その次のページに、夜汽車がトンネルから出てくる画が大きく描かれていて、その横に、吉田一穂の『母』の詩が載っていた。

ああ、麗《うるは》しい距離《デスタンス》

つねに遠のいてゆく風景――
悲しみの彼方、母への…
捜《さぐ》り打つ夜半《よは》の最弱音《ピアニシモ》

――吉田一穂「母」――

実際、名古屋から飛騨金山に帰る薄暗い夜汽車の中というシチュエーションも手伝ったのだろう。私はこれまでにないほどの深甚《しんじん》の衝撃を受けた。

そこから、私は書店に行くたびごとに吉田一穂の作品に触れることにし、安ければその本を買い、高ければ立ち読みで詩の暗記に努めた。幸い彼は生涯に四〇編ほどの詩しか残さなかったので、浪人中にほとんど暗記できたと思う。そのせいか、模擬試験の国語を解いていても、絶えず吉田一穂のどれかの詩が口を衝いて出てきて、客観的な「読み」を妨げるのだった。

久しぶりだった。まさかここで、詩人という言葉が八代君の口から出るとは思わなかったが、気が付くと、私の頭の中は浪人時代の模試の時と同じく、吉田一穂の詩が渦巻き始めていた。

「今日、もうすぐここに合流しはるんやで、関川さん」

八代の言葉が終わるか終わらないうちに、居酒屋の戸が開いて、一人の浅黒く日焼けした男が入ってきた。背はさほど高くはなかったが、がっしりとした肩幅の、外科医にでもいそうな男だった。

皆一斉に椅子を引いて立ち上がった。

いくつもの「お疲れさんです」「お疲れさんです」のコールで、彼が関川浩一郎その人であることがわかった。

私と関川さんは目が合った。

案の定だった。関川さんは私の隣に坐ってきた。

八代が再び立ち上がり、もう一度乾杯のコールをすることになった。一斉の「乾杯」コールのあと、皆、関川さんの所にビールのコップを持ってやってきて、私の頭越しに、「お疲れさんです」のコールとともに、関川さんのコップと他のメンバーのコップのカチカチと触れ合う音が続いた。

関川さんが挨拶に立った。よく通る、低く太い声だった。

「ニクソン訪中、田中角栄訪中、日中国交正常化と続く米日韓反革命体制の下、わが革命的左翼は、三里塚芝山連合反対同盟の主導の下、三里塚闘争のヘゲモニーを握るに至った。なお当局は、反革命三里塚空港開港を五年後の七八年三月に策定、閣議決定を行ってきた。かかる政府当局の反革命攻撃に対し、直接行動派はゲリラ的、場当たり的陽動作戦と内部ゲバルトに明け暮れ、大衆路線から乖離したカンパニア路線に終始している。また、左翼を僭称《せんしょう》する階級闘争の敵、黎明派は例によって背後から襲う悪辣な反革命的攻撃を繰り返し、権力と一体となって切り崩し妄動を策謀している。ひとりわが革共同人民戦線派のみが革命戦線の最前列に立ち、心も直《す》ぐに、三里塚空港完全粉砕闘争、すなわち三里塚決戦を領導せんと心構えるのだ。陽光が降り注ぎ、霾風《ばいふう》が巻き上がる三里塚の沃野《よくや》にわが赤ヘル軍団が敢然と躍り出し、革命の、みはるかす遙かな地平をわが手に手繰り寄せる日も近い。諸君らの赤き血潮はいまだ五体にたぎり続けているか。緑なす黒髪はいまだまばゆいままか。まなじりを決し、空の果てへの稚《いとけな》き頃の夢をその胸に携えたままか。以上、三里塚現地闘争本部からの決意表明をここに発して、挨拶とさせていただく」

「よしっ」

「異議なしっ」

あちこちからコールが続いた。

「相変わらずしびれるなぁ」

そんな声も起こった。

私は気付いていた。「緑なす黒髪はいまだまばゆいままか」と言う時、関川さんは私の方をちらりと見たのだ。私だけにその言葉はあったのだ。一瞬とも言えるほんの短い時間の中、何度もその場面を反芻《はんすう》した。どう考えてもそうだった。嬉しさが静かにこみあげてきた。私はすでに確信した。私の人生は、この人に愛され、この人と在るんだ、と。私はコップのビールを、自分で注いで一息に飲んだ。


その後も宴は続いた。関川さんは私の横の席を離れ、別のテーブルを回って次々と杯を空けていた。

八代君が再び服部君を連れて傍に来た。二人ともかなり酔っぱらっていた。

「さっき、緑なす何たらというボスの挨拶のクダリな、あそこな、細江ちゃんのこと言ってたんやで。俺にはわかる。たいがい、ボスの挨拶には、どっかに、愛の言葉がまじっちょる。あれ、ハッキリ言って、ナンパやで。な、服部もそう思うやろ」

「そやな」

「そやな、て、お前、相変わらずはっきりせんな。誰が見てもそやろ、な、服部。おめえも幕府お抱えの忍者服部半蔵の子孫やさけ、ボスの意向を汲み取れんちゅうことは、罪やぞ」

「八代、おめえ、酔うとるやろ。俺はさっきから、そやな、言うとるやろ」

「いや。おめえは、そやな、で済まそうとしとるところが、アカンね。わかっとるか？ボスがどう考えてはるか、わかってて言うとんか」

「わかってるわ」

「どうわかっとるか、言うてみいや」

「……」

「ほれみ、おめえはわかってないねん」

「……」

「おめえはよう、細江ちゃんを、ボスの女にするよう、ちゃんと段取りするんか、っちゅうこと、わかってないねん」

　ちょ、ちょっと待ってつかあさい、ボスの女て……と、そんな言い方でもしないとやってられんわ、と言おうとしたが、私もずいぶん酔っぱらってしまったようだった。言葉にならなかった。私は吐気を感じ、トイレに立とうとした。少しよろけた時、服部君が支えてくれた。そのままトイレに行き、私は吐いた。出て来たとき、服部君が待っていてくれた。ずっと待っていてくれたようだった。私は「ごめんなさい」と言って服部君に身を委ねた。席に戻って来た時、八代君が、いきなり服部君に殴り掛かった。背の高い服部君は腰をかがめて八代君に殴られやすくしているようだった。何度も服部君は殴られ、その場に倒れた。八代君を止めに入ったのは中島君だった。

「ごめん」

服部君は立ち上がって八代君に謝り続けた。

「もういいから」

中島君は服部君を慰めるように言った。

「おめえはよう。ボスの女にどういう態度をとっとんねん」

八代君はまた服部君に殴り掛かろうとした。

「もういいから。俺が服部に言い聞かすから」

中島君は今度は八代君に言った。私は訳がわからなかったが、また吐気がやってきてトイレに立った。

「自分で行けますから」

それが私の精いっぱいの言葉だった。

トイレに入り、私はこの際全部吐こうと思って、指を喉に入れた。何度も吐いた。どれだけの時間が経ったのかわからない。ずいぶん長い時間が経ったようにも、またすぐだったようにも思える。

　吐いて帰ると、さっきの風景とはうって変わって、なごやかな歌合戦が始まっていた。誰かがチェリッシュの『なのにあなたは京都へゆくの』を歌っていた。ああ、よく高校の時聴いたな、あれで、自分の成績も顧みず京大を受けようとしたな、そんな思いで席に戻ると、私の席には関川さんが坐っていた。

　関川さんは、優しく低い声で、「次はあなたの番です。さっきここで、あなたが吉田一穂をお好きだと聞きました。僕もあの極北の詩人が好きです。吉田一穂の詩を何か詠じてください」。

　私は、「はい」と答えた。

　私は、宅浪していた頃、誰もいない飛驒金山の実家の勉強部屋で、窓を開け、星に向かって、暗記した吉田一穂の詩を詠じた夜のことを思い出した。あの時はバルボン君のことを懐かしんで、もう出て来てくれないのかな、なんて考えていたのだった。


　円転する虚空《こくう》、溢《あふ》れる海水《みず》の、爽やかにして荒いオゾン、虚落《きょらく》の底に渦巻く衝隙の泡の誕生、種の血、族《うから》の夢の沸騰する昏《くら》い碧《みどり》の眩暈《げんうん》、飛沫《しぶき》を潜《くぐ》る血肉の場、その直なる営みの天の餌食《えじき》、岩礁帯《がんしょうたい》に曝《さら》す帰極回生《ききょくかいせい》の、流氷と雪崩《なだれ》の純白の法則の中へ……

「へえ、すげえな」

誰か男の人の声がした。八代君がそばで、「よくあんな難しい言葉知ってんな」とつぶやく。

それまで黙っていた関川さんは、低い声で「これは〝生殖〟の詩だね。なぜこの詩を選んだの？」と訊いてきた。小学校四年の時初めて聞いた、場違いの印象以来の〝生殖〟という言葉の違和感がまた甦ってきた。いや違和感というより、唐突感だった。私は気の利いた返答を探そうとしばらく考えた。いろいろな言葉が頭に押し寄せてきて、どれも外に出るのを嫌がっているようだった。

関川さんは右手を自分の膝に置き、やや斜に構えて私の目を見つめ、

「白鳥はなぜ、何もない北を目指すか。一穂は考え続ける。そうだ、それは生殖のためなのだ。白鳥にとって、無から有を生み出す生殖のためにこそ、全き無の世界がふさわしいと考えたんだ。キミも知っての通り、吉田一穂には三行詩一五編からなる『白鳥』というタイトルの絶唱がある。その第十章の二行目に『磁極三〇度斜角の新しい座標系に古代緑地の巨象が現れてくる』とあるんだ。彼によると、かつて地軸は三〇度傾いていて、かつての極地は緑地であったと。北極も南極もかつては極地ではなく、温暖な海及び緑の大地

であったと。それが証拠に南極大陸からは石炭という熱帯地方の植物の残骸が見つかっているではないかと。かつて肥沃であった獲物と生殖の聖地である北を目指すことが、白鳥の一種の帰巣本能であり、寒冷化し、獲物が無くなっても生殖の聖地であることだけは帰巣本能が証明しているのだ」

と、壮大な吉田一穂の世界を、話してくれた。ただ私一人に向かって……。

すでに別の人の別の歌が始まっていた。あちこちのテーブルでは、お決まりの「あーインタナショナール、われらがモノ　立て飢えたる者よ、今ぞ日は近し……」が響いていた……

気が付くと、芝浦工大の男子寮の布団の中で寝ていた。枕元に、リュックが置いてある。確かに私のだ。朝の光が差し込んできて、頭は割れるように痛かったが、リュックから歯磨きを取り出し、廊下伝いに洗面所に出て顔を洗った。割れ目だらけの鏡に映った自分の顔を久しぶりに見て、一年半ほど前、岐阜大学に入学した頃から、ずいぶん大人っぽくなったかな、なんて考えた。

よくよく考えると、ここが芝浦工大の男子寮であるとか、廊下伝いに行けば洗面所に出られるとか、なぜ知っていたんだろうと思った。

昨日の夜、お酒を飲まされて記憶を失くしたことまでは覚えている。その後、この男子寮、寝場所、洗面所の位置、それを夜のうちに教えられ、ひととおり経験したに違いない、という結論に達した。たぶん洗面所は誰かに連れられて吐きに行ったんだ。それで体が覚えているんだ、そう結論付けて納得した。

洗面所から戻ると、服部君がいつの間にか私の寝場所に来ていて、体を折れ曲げるようにひとり坐っていた。私に気が付くと安心したような笑顔をよこした。

「ちゃんと吐けた？」

「なんだか、まだ昨日の続きみたいよ。……でも、服部君、また怒られちゃわない？」

私は意地悪な質問をした。

「まあね。俺はいつも気が利かないから、八代はいつも殴ってくる」

「ひどい奴だね。八代君って子は」

私が笑うと、服部君も笑った。

「奴は弁が立つからね。それでいて逃げ足も速いから、絶対パクられない。それはそうと、昨日君が助けた奴、新潟の奴。あの鼻が折れた奴を助けようとした女の人、誰だか知ってる？」

私は、人を呼んできますと言って立ち去ったハイヒールの女の人を思い浮かべた。

「細江さんは、秋庭葉子って知ってる？」

「白雪姫オーディションの？」

「そ、そ。あ、知ってんだ。あの人が現場から野戦病院に電話をかけてきて、すぐ行ってあげてください、ガチャって、すぐ電話を切ったんだって。有名なアイドルだから、表だったことはできないんでしょ？　あの人、元々兵庫県西宮の出身でね。関川さんの叔父さんが後援会長してるんだよ。関川さんとは幼なじみだって」

「服部君さぁ。昨日、私、あれからどうしたのか知ってる？　酔っぱらってて、完全に記憶失くしてる。教えて。介抱してくれたんでしょ？　八代君は？」

「八代は二重人格だからね。中島が一緒だった。……関川さんも」

「え、今何て言った？」

「関川さんから、これ頼まれたんだよ。あなたに渡してくれって」

服部君は封筒を差し出した。

私は、服部君の前で開けた時の自分の表情の変化をコントロールすることに自信がないことを、咄嗟に考えた。

「それで関川さんは？」

私はできるだけ狼狽《ろうばい》を隠そうと、ゆっくりとした口調で訊いた。

「朝早くに団結小屋に帰ったよ。ミーティングがあるんだって。それから……」

「それから、何？」

「八代が決めたんだけど、細江さん、団結小屋に入る気はないか。援農をしながら現地に住みつくってこと。女性だけの団結小屋があってね。組織の同盟員になるかどうかはあとからでいいからって。ほれここに、その住所がある。電話はないけど、布団は干してシーツに糊のきいたのがあるから、今日からでも泊まれるって」

北秋の、峡のこごしき道のくま、わが見し花に、名付けてよ君。否むしろ、君によそえて、呼ばましものを、みつみつし白くちいさき、北秋の花
——清水重道作詞、信時潔作曲『北秋の』——
昨日の貴方の『海鳥』の返歌です。ご査収ください。私の連絡先は、
反対同盟青年行動隊副委員長の石井博正氏宅です。
住所は千葉県山武郡芝山町芝山〇〇〇
電話番号は、〇〇—〇〇〇〇　必ずご連絡ください。
関川浩一郎　拝

服部君が帰ったあと、急いで封筒を開けて取り出したのが走り書きのこの手紙だった。

最後の行の「必ず」を何度も目を凝らして読んだ。そして私は決意した。もう岐阜大学は中退しようと。そして、……関川さんと結婚しようと。

第六章　霾風《ばいふう》

「ちょっとぉ、あんたどんだけ洗ったら気が済むのよ。米なんてそんなに研《と》がなくったっていいわよ。水はここでは貴重品よ」

後ろで甲高い女の声がした。炬燵に三人、ジャージー姿の女の人が、愛媛のシンパから送られたというミカンを食べている。

「すみませーん」

私は考え事をしていて、つい同じ行為を長々と繰り返していた。

「死にたくなるとさぁ、山崎ハコ聴きたくなるんよ。そしたらますます死にたくなってさぁ」

今の女の今度は低い声がした。私などすでに眼中にないようだった。

「言える、それ言える。山崎ハコってさあ、デモに行く前に聴いたらやばいよね」

ミカンを口に入れたまま、どうやらもう一人の女が相づちを打つ。

「そうそう、やばいやばい。関川さんの演説もさぁ、山崎ハコをＢＧＭにしてさぁ、聴いたらもっとやばいんじゃね」

「しっ、聞こえるよ」

「え、いいじゃん、これぐらい、別に悪口言ってんじゃないし」

「ちょっとー、細江ちゃん、聞こえてるでしょ。別に悪口じゃないからねー」

私は振り向いて、手を拭きながら、作り笑いをした。女はめんどくせー。――その言葉が喉まで出かかっていた。

団結小屋に入って早々、私は食当を任せられていた。三人部屋だったが、隣の部屋の宮城から来た女の人がしょっちゅう入ってきて、すでに火が入っている炬燵の一角を占領する。

聞くところによると、半月前飲んだ田町の居酒屋で、私が酔いつぶれた後、関川さんも酔って、皆の前で「細江を俺の女にしたので、お前ら今後手を出すな」と宣言したらしい。

それがあちこちに伝わって、「もう細江はその夜のうちに関川に犯られた」とか、「関川の子どもを身籠った」という噂にまでなっていた。私は最初はむしろ嬉しかったが、だんだん、特に、女性活動家たちの蔭口の標的になるしかない状態には辟易するようになった。

そんな時、救いは、週に一度、青年行動隊の副隊長をしていた石井博正さん宅に泊めてもらうことだった。青年行動隊と言っても、四十代から五十代後半の三里塚農民たちで構成されており、石井博正さんは五十三歳。農業の傍ら農機具などを販売する店を営んでいる。おじいさんと奥さん、高校生を頭に男ばかり三人の子どもがいて、一番上の博隆君が少年行動隊の隊長を務めたこともある、勉強の良くできる、なかなかハンサムな子だった。

奥さんの恵子さんは北海道から嫁いできた人で、婦人行動隊の会計を務めている。私を特に可愛がってくれる。私は援農と言っても、お祖母ちゃんから開墾の指導を受けたにもかかわらず、いまだにその開墾でさえ手こずる有様で、足手まといもいいところだった。

しかも霾風という、北総台地独特の強い竜巻のような突風が襲いかかる。コンタクトレンズをしている私はその風にずいぶん悩まされた。マムシもよく出た。一日に三匹のマムシを見た日もある。秋口になり、卵を孕《はら》んだマムシはより一層獰猛になる。ヘビは自分から襲いかかる習性はないが、マムシはそうではない。自分から襲いかかってくる。嚙まれたらすぐ血清を用意してある病院に行かなければならない。うちのお祖母ちゃんも「マムシだけはさすがによう摑まんわ」と言っていた。

恵子さんはいつも優しく、

「いいんだよ。こうやって来てくれるだけで、どんだけ私たちは助かっていることか」

と言ってくれた。

「それにみゆきちゃんは、めんこい顔しててヘビを怖がらんとこがいい。ヘビやゴキブリだけは北海道はいねえから、私なんかこっち来て往生したわ」

と明るく笑う。

博正さんは関川さんと大の仲良しで、「ヒロさん」「コウちゃん」と呼び合う仲だ。

私は一九七四年十月九日に大垣駅から人民列車に乗り込んで一〇・一〇集会に参加して以来、一度も岐阜大学と飛騨金山の実家に帰ることなく、そのまま三里塚の団結小屋に住みつくことになった。来る時、三日分の着替えはリュックに詰め込んでいたが、芝浦工大の男子寮と、三里塚の団結小屋で洗濯をさせてもらい、この先の衣類、本、その他は、恵子さんからの好意もあり、妹のちさとに頼んで、石井さん宅に送ってもらうことにした。団結小屋にも郵便物は届いたが、自分の身の回りの物を団結小屋の人たちに見られるのは何となく気が引けたのだった。

恵子さんは〝支援〟の労働者・学生すべてに好意的というわけでもなかった。まず直接行動派の労働者・学生は、口には出さなかったけれど、すべて拒否していた。石井さん自身も、最初はどの党派も受け入れていたが、やがて人民戦線派だけに絞り込んだ。

「学生さんもみんないい人ばっかりだといいんだけどね。クセがあったり、ひねくれてたりね、助けてやるって言ってくれるのはありがたいけど、逆にこっちが助けてやらなならん人もいてね。お金借りても借りっぱなしで、なんて人もいるしね。関川さんやみゆきちゃんみたいな人ばかりだといいんだけどね」

私は、最後の一言で、恵子さんはすべて心を許して話せる人なんだ、という気になった。

ひと月ほど経ち、私の住む団結小屋に久しぶりに八代君が訪ねてきた。人民戦線派への正式加入手続きの書類を持ってきたのだった。推薦人の欄に八代隆司と服部幸蔵の名が記されてあった。

「中島は今、公妨と凶準でパクられちゃってて。ここに名前書けないんや。初犯やし、起訴はされへんって思うんやが、完黙しとるからな。権力としても裏取りたいし、組織の内情知りたいから、無理やり起訴に持ってくかなぁってとこや。逆にヘタレやと、起訴猶予と引き換えにゲロッパキ、転向強制に持っていくっちゅう方針を取るかもな」

「完黙してたら起訴されやすいの？」

「せや。見せしめ的にもな。ただ逆に筋金入りの奴やったら軽微な罪なら公判維持でけんと判断されて起訴猶予勝ち取れるかもしれん。そうなったら勝ちやな。黎明はパクられたら問題ないところだけゲロってさっさと出て来い、という指令を上層部が出しとるっちゅう話や。せやから権力の犬は自分らやろ、と揶揄《やゆ》される羽目になんねん」

「岐大はどうなってるの？」

岐阜大のことはやはり気にかかった。

「惨敗や。あれから愛知大学も黎明に完全に取られちゃったしね。中部地方は惨敗や。あ、そうそう、細江ちゃんは救対部所属になったからね」

「救対部？　何するとこなの？」

「救援対策や。すなわちパクられた時の救援活動、差し入れしたり、弁護士の手配したり、公判の準備したり、身元がばれてがさ入れが始まってもいいようにやばい物隠したり、面会に行って励ましたりとかね。細江ちゃんにピッタシやろ」

私はそれより、服部君の名前が、先祖の半蔵の一文字を使っていることが面白かった。

この一族は代々漢字が尽きるまで「―蔵」シリーズで行くのかなとひとり笑いをしたくな

った。

「一度、救援連絡センターに挨拶に行った方がええと思う。一〇・一〇のデモに行く前に暗記したやろ。東京〇三の次に、五九一－一三〇一〝獄入り意味多い〟って。あそこや。パクられたら、取調官には、ほか何も言わんと、その電話番号だけ言うとそこから弁護士が来てくれることになっとる。錦戸学《にしきどがくむ》さん、通称〝にしがくさん〟ちゅう弁護士のオッチャンが手弁当でやってくれとるとこや」

そう言って八代は、タバコに火を点《つ》け、煙を一吐きした後、

「ちゃんと関川さんに可愛がってもらってる？」

と訊いてきた。

やっぱりそこへ来たか、と私は思いながら、

「いや。あれから会っていないわ。連絡ももらってないし」と正直に答えた。

八代君は、

「そうか。確かに、関川さん、超多忙やからな。知っての通り、専従活動家って言ったって、すずめの涙ほどの給料しか組織から出てないからな。今、確か富山のダム工事現場に詰めとるはずや。上の方には定期的に連絡はよこしてるけど、それは組織員としての義務やから。細江ちゃんの方には来とらんのやな」

と心配そうに言った。そして、

「細江ちゃんさぁ、関川さんって、結婚してるって、知ってるよね」と続けた。

「そうなの？　知らんかった。……でも仕方ないわ。モテるもの」

私は動揺して明らかに語尾が早口になった。

「これ、言わんほうがよかったかなぁ。それとも、早い目に言った方がいいかなって」

八代君もばつの悪そうな顔をした。

「いや、言ってくれてありがたいわ。奥さんて、どんな人か知ってるの？　八代君」

「電電公社に勤めてるって聞いたな。働いてるから、関川さん、ま、ヒモみたいなもんだわな。俺は会ったことはないけど、年上の人だって。子どもはいないけど。離婚するとかしないとか揉めてるとも聞いたよ」

「揉めてるって、私のせい？」

「いや、ずっと前から。……心配せんでええ。細江ちゃんが登場するずっと前からやから。第一関川さん、別居してるわけやからさ。革命家は原則、子どもは作らないから。関川さんもそういう方針の人かもね」

「もういいわ。私もまだ正式にお付き合いするって話し合ったわけでもないし。噂ではいろいろ言われてるけど、ほとんど当たってないし。もうそのことは、放っておいて」

私も最後は投げやりな気分になっていた。八代君は申し訳なさそうな顔をした。

翌日、私は救援連絡センターのある大井町の古いビルを八代君に連れられて訪ねた。山登りが好きだというセンター長のにしがくさんらしく、古ぼけた部屋のあちこちの壁に北アルプス連山の写真が貼ってあった。

所々にほころびがあったりガムテープが貼ってある粗末なソファーは、いかにも反体制活動に従事する心優しく貧しい革命家を無償で支援しようという気概を感じさせる〝迫力〟があった。

にしがくさんは、ソファーにどっかりと腰を下ろし、にこやかに話し始めた。

「八代君は法学部だろ？　早く足を洗いなよ。この日本を三里塚から変えていこうなんて、いかにも無理があろう。反対同盟って言ったって、戸村さんが亡くなったらよ、おそらく分裂するだろうよ。もうすでに、直行とあんたら人民戦線派はほとんど連絡取りあっていないんだろ？　空港反対なんてやっぱり局所的な戦いに過ぎんよ。国民のコンセンサス得られっこないよ。社共の動き見てごらんよ。さっさと引き上げちまってるだろう。共産党は賢いから暴力反対と言えば引き上げる大義名分が成り立つから、早々に引き上げてるし、社会党はバカだから引き上げ船に乗り遅れちゃってるだけだけど、もはや軸足も置いてないわな、三里塚には。そっちのお嬢ちゃんは、年はいくつだ？　あ、女の人に年訊いちゃいけないか」

にしがくさんはいきなり私の方に向き直った。

「でも、オバサンじゃないからいいよね」

笑うといたずらっぽい顔が少年のようだった。

「二十一です」

「ひえー、若いな。こりゃたいしたもんだ。こりゃ三里塚も罪作りなもんだ」

「錦戸先生は、たとえ被疑者が黎明派でも、救援なさるんですか？」

私は、思い切って訊いた。

「ああ、もちろんだよ。党派関係ない。反権力であれば全部救援する。山登りと一緒だよ。どんな極悪非道な犯罪者でも、もし山で遭難したら全力を挙げて救うだろう」

八代君が割って入った。

「でも、黎明派はハッキリ言って反権力でも何でもないですよ。反権力の仮面を被った反革命ですよ。もし内ゲバで、黎明が下手人で、直行や、まあ、俺ら人民戦線派がやられた方で、下手人の黎明が〝獄入り意味多い〟で電話してきたら、救援活動なさるんですか？」

「ああ、するよ。反権力がホントかどうかは、誰も決められない。キミらは自分たちだけが反権力を標榜してて黎明派は権力の犬だと主張してるけど、黎明派は逆のことを主張するだろうよ。私たちも決められない」

「頼ってきた人間が、政治性も思想性も何もない、単なる極悪非道の犯人が〝獄入り意味多い〟で電話してきてもですか」

「ああ、一応話は聞くね。だって、永山則夫っているでしょ？ 犯罪を犯した時には、単なる極悪非道の罪人だったかもしれないけど、あの後マルクス主義に目覚めて、『無知の涙』っていう素晴らしい本を書いたじゃないか。ああいう例もある。私たち弁護士は、そのあたり、徹底した性善説に基づいているんだよ。反権力と一応建前は謳っているけど、実際は、困っている貧しい人が、権力にとっつかまって誰も支援者がいないっていう時に、私たちが出て行くだけなんだよ。いいかい。ここが自由を前提とした哲学がベースになっている部分だ。権力によって自由が奪われることのないよう、私たちの存在があるんだ、と私たちは考えている。二十一歳のお嬢ちゃんも、わかってくれたかい？」

ニシガクさんは最後に私の方にもう一度向き直ってにっこり笑ってくれた。

その後、弁護士錦戸学さんは引き続き反権力を標榜する人々への救援活動を続けていたが、八六年の十二月三十日に双子の子息と三人で冬山登山中消息を絶った。私が組織を辞め、故郷に帰ってあかねが生まれた二年後だった。

冬の三里塚は農閑期でもあり、また戦場でもあった。団結小屋を出て、石井さんのお宅に居候させてもらって、もうひと月になった。私は援農を必要としないこの時期に、石井さんの息子の博隆君の家庭教師をするという名目でうまく団結小屋を抜け出し、住込みの家庭教師として石井さんのお宅に逗留《とうりゅう》することが許されたのだった。

以前は、関川さんが博隆君の面倒を見ていたようだが、ほとんど三里塚にも戻らない日々が続いたため、博隆君の家庭教師の席は空席となっていた。ここでの食事付、宿泊費付の俸給も、私には助かることだった。岐阜大学はすでに除籍となり、両親との連絡も断った。妹だけが私の理解者で且つ支援者だった。

七五年の二月十二日、石井宅は、関川さんが久しぶりに富山から戻ってくるというので、家じゅうがそわそわしていた。

「かあちゃん、烏賊《いか》はじいちゃんの分も買ってあるっけ」

「あるよ」

「そうか。じいちゃん、入れ歯のくせに烏賊だけは目がねえからな。よう噛めるなっちゅうぐらい烏賊螯りの名人だかんな」

博正さんは、笑いながら、納屋の後ろに穴を掘って隠しておいた手作りのどぶろくを掘り出している。一升瓶を四本、土を払って裏口から戻ってきた。

「権力はこれを人聞きの悪い〝密造酒〟いう言い方をしてくるかんな」

「実際〝密造酒〟じゃない」

「そりゃま、そうだが」

恵子さんの言葉に博正さんも相づちを打つ。

「コウちゃんは、結局何時になる、言っとった？」

「さあ、晩までには。どのみち電話をしてきんさる思う」

「オヤジの奴、さっきからうるせえんだよ。黙って酒の用意しとけ、ってんだよ」

私の目の前で勉強していた博隆君も、外の声に、落ち着かない様子でなかなか集中できないでいる。今日は数学の問題を一問も解いていない。彼は、帰宅後の家庭学習の一番最初を数学の問題を解くことから始める習慣だ。もうすぐ期末テストだというのに、全くはかどらない日もあるというものだ。

夜が更け、雪がちらつき始めた。じいさんがもう床に入る九時過ぎになって、関川さんは富山から戻ってきた。

　襖を開けて二間一続きにした大広間で酒盛りが始まった。高校二年生の博隆君をはじめ、中学二年生の克尚《かつなお》君、小学校五年の凱人《かいと》君まで加わった大宴会になった。

「離れにお布団敷いといたからね」

　恵子さんは私に耳打ちした。恵子さんは、私と関川さんがすでに長く付き合っているものと見なしているようだった。

　私はじいさんの次にお風呂をもらい、宴会を途中で抜けて離れに入った。歓声や拍手が時々聞こえてき、私はその音の間が長く続くと心臓が破裂しそうになった。風呂場の電気が点くのが離れから見えた。そのうち宴会の音がぴたりとやんでいた。

「入っていいですか」

　関川さんの声がした。

「はい」

　私はもう平静になっていた。

　博正さんの丹前を着て入ってきた関川さんからは風呂の湯気が立っていたが、酔ってはいなかった。

「富山の本屋でたまたま見つけたんです。キミが居酒屋で詠じてくれた吉田一穂の『海鳥』の詩が載ってて」

関川さんは、部屋に置いてある自分のリュックの中から、吉田一穂が丸山薫、高橋新吉、小野十三郎《とおさぶろう》と一緒に収められた現代詩集の文庫本を取り出した。

「僕は今度の異動で関西に戻ることになったんです。あのう、一緒に来てくれますか？」

「はい」

答えると、私は心臓の鼓動がまた急に高まるのを覚えた。

その夜、私たちは結ばれた。

第七章　大阪のアジト

国鉄大阪駅から阪急梅田駅を横切り、パチンコ屋、ゲームセンター、串カツ屋や飲み屋が建ち並ぶ賑わしい阪急東通商店街のアーケードを通り抜けるとめっきり人通りが少なくなる。そこからは、政治集会やデモの出発点として使われる扇町公園に続く道だ。扇町公園の入り口手前一〇〇メートル付近のところに、トタン屋根、スレートぶきの月極め専用の駐車場がある。「扇町モータープール」と、一文字一文字、別々のブリキ板に書かれた看板が上から吊ってある。普段は大きな鉄製の引き戸は閉まったままだ。昼間はカギがついていないので、借主は自分でその重い引き戸を開けて車を出し入れする。そこの二階にある管理人室が、私たちの〝アジト〟だった。

住民登録を必要としない、いわゆる〝住所〟ではない管理人室は、例えば、手配中の過激派摘発のための「アパートローラー作戦」にも引っかからずに済む。

関川浩一郎は、指名手配こそされていなかったが、逮捕歴二回、うち一回は起訴されて有罪が確定し執行猶予期間がまだ終了していない身であり、三里塚現闘から関西支部学生部長になって活動するには、どうしても裏のアジトを必要とした。私は関川浩一郎のいわば裏の顔と暮らすことになった。

そのアジトに彼はほとんど帰らなかった。私でさえ、彼の活動のすべてを把握しているわけではなかった。

私は、団結小屋の時と同じく、逮捕されたり、負傷した仲間の救援活動を行う「救対部」に配属されたので、私とて、始終アジトに帰ることができたわけではない。駐車場の入口の鉄製の引き戸を開けて入る時にも、公安の目を気にしてさりげなく付近を見回す癖がついた。

駐車場の持ち主は、人民戦線派のシンパで資産家だと聞いたが、一度も顔を合わせたことはない。すべて月極め車輛ばかりであり、新規申し込みも、解約も、近くの不動産屋が実質的に行っていたから、管理人というのはほとんど何の働きもいらなかった。それでも月々管理手数料という名目で一二万円が組織を通じて関川さんに手渡されていた。これは当時の大卒の初任給に匹敵する額で、あとは組織から関川さんに支給される、わずかではあるが決まった額の専従手当と合わせて、二人分の生活費としてもずいぶん助かっていた。

人民戦線派の公然アジトは扇町公園の先にある西天満の雑居ビルの一室だった。そこに妹からの手紙、荷物類は届いていた。

管理人室には、小さな台所とシャワールームがついていたから、たまに浩さんが帰ってきても何とか二人布団を並べて寝るだけの生活はできた。ただし西陽が直撃した。古いエアコンはよく故障したので、なかなか修理に来ない真夏日などは夜になっても汗がとめどなく流れ、気が遠くなりそうだった。すわり机の横には大きな金盥《かなだらい》に水を張り、レジュメをまとめながらも、水溶性のインクと用紙はいつでも放り込めるようにしていた。

「こりゃあ、誰じゃや、ここに車、停めとんのは」

若い男の金切り声がした。夕方近く、私は管理人室で『救対ニュース』のレジュメの作成にかかっているところだった。

男の声は続いて、「こりゃあ、管理人、ちょっと出て来いやぁ。おったら出てこんかいや」

私は初めて自分が管理人であることに気付き、あわてて鉄製の階段を下りて行った。引っ越してきて五か月が過ぎた頃、一九七五年の七月終わりのことである。

男は私を上から下までなめまわすように見つめ、目を大きく見開いて、

「なんや。若いねえちゃんやないか」

と言った。その頃一部で流行りかけていた庇の出っ張ったリーゼントパーマの細面の若い男だった。

「こりゃ何なんや。こんなところに置いてけつかって。こりゃ管理人の責任ちゃうんけ。どかしたれや」

「いえ、私は運転免許持ってないんで」

「そういう意味ちゃうやろ。お前の責任か、訊いとるんじゃ」

「いえ。ここは、この車は、扉の外側なんで、私、管理人の責任ではないと思います」

「そらそうやな。せやけど、この車なんとかせんと、出されへんがな、ワシらの車」

男の周りには、やはり月極めの契約者たちが何人か押しかけてきていた。ほとんどが初めて見る人たちだった。

「こらぁ。このクソ車、誰のじゃ。一分待ったるわ。一分以内に来んかったら、ボコボコにしたるぞ」

男は大声で叫んだ。行きかう人はその叫び声につられてこっちを見ながら通り過ぎてい

った。

「こりゃ出て来れんわな。近くにおっても怖わーてな」

後ろの中年男がクックックッと笑った。

「こりゃあ、一分たったぞ。ええか」

リーゼントの男はそう言うや否や、車のドアボディを思い切り蹴った。ドアは飴のようにへこんだ。続いて興奮した男は何発も何発も蹴りを入れ続け、さらに近くにあったコンクリの塊を車の屋根の上に落とすと、コンクリは鈍い音を出して一度弾み、道路に落ちた。コンクリの尖ったところが車のボンネットに穴を開けていた。

「こりゃ、いよいよ出て来れんわな。近くに来ても、愛車見捨てるしかないやろ」

中年の男は今度も私の方を見てクックックッと独特の笑い方をした。

「どれどれ、ワシも日頃の欲求不満、晴らさしてもらおかな」

中年の男は短い足を振り上げて思いきりボディを蹴った。鈍い音がしたが車はほとんどへこまなかった。男は脛《すね》を抱えて痛がった。

「アカンわ。便乗組にはええこと起こらんワイ」

男は苦笑いを私の方に向けた。

騒ぎが大きくなって、警官でも来やしないかと、私はそればかり気になっていた。

そうだ、ここに警官でも通りがかって、管理人は誰ですか、ということにでもなったらえらいことになる。とりあえず、私はここでは黒子のように立ち去るしかない。私はそっとその場を抜けた。人ごみの中に入ってしばらくしてから後ろを振り返ると、騒ぎは一層大きくなっているようだった。みんなして車を叩き壊しているのだった。

阪急東通り商店街を一時間ほどぶらぶらして時間をつぶし帰ってみると、車も群衆もすっかり消えていた。コンクリの塊も脇に片づけられていた。レッカー移動で運ばれたのかな、と思った。

その日の夜、たまたま浩さんが帰ってきたので、さっそくその話をすると、彼は、

「管理人室を出る時、レジュメを金盥に放り込んだ？　鍵をちゃんと掛けて出た？」

と矢継ぎ早に訊いてきた。

「あ、そうだっけ。どちらもしてなかったっけ」

と答えると、彼は急に形相を変えた。

「あかんやんけ。そんな警戒心の無いことでは」

私も悪いと思ったが、いきなり下品な関西弁で「あかんやんけ」と言われたことには無性に腹が立って、

「そんな下品な怒り方、さっきの車ボコボコにしたチンピラとそう変わらんと思うわ」

私は横を向いた。

「その扉のすぐ前に停まっていたという車、これもはっきり言ってどの種類の人間の持ち主かわからん。そんなところに置きっぱなしにして放っておくなんて不自然極まりない。そのチンピラも実は芝居してたかも知れん。第一、その足の短い中年の男って、ひょっとしてベテランの公安かもしれんじゃないか。ホントに君が帰ってきた時、この部屋は出て行った時のままの状態だったのかな？」

そう言われると私は不安になった。

私は何も答えず、急いで、失くなった物はないか、探し始めた。

もともとそれほど物が豊富にあるわけではない。私は彼に対するまだ残る苛立ちと、後から湧いてきた不安とで、一切口を利かずシャワー室からトイレや押入れに至るまで、人の入った形跡を求めて探り続けた。

すべて問題なし、のようだった。私はホッとした。彼に後ろから抱きつき、

「ごめんね」

と言った。

彼は振り返ってちょっと笑い、無言のまま、私の腕をその大きな手で抱えてくれた。

「だがな。今、内ゲバはいよいよ来るところまで来ているからな。権力や公安は当然だ

が、他党派もうかうか気を許せんぜ。ほれこれを見てみろよ」

そう言って、黎明派の機関紙『黎明』号外と、直接行動派機関紙『直接行動』を手渡した。

『黎明』号外は、一面に「スパイ集団の頭目　杉上を革命的処刑」と大見出しで載せ、「日頃の革命的警戒心とやらもどこかへとうっちゃり、いぎたなく眠りこけていた反革命スパイ集団頭目　杉上雄一郎を、幾多の同志殺害への復讐に燃え滾《たぎ》るわが革命的鉄槌は容赦なく叩きのめし、地獄の底へと追いやったのである。わが派は圧倒的な勝利感をもって、革命の成就の日をわが腕に手繰り寄せつつあるずっしりとした喜びを、同志、人民諸君と分かつため、本号外をお届けする」と続けた。

一方『直接行動』は、号外ではなく、『黎明』号外の出た一週間後の日付で、凄まじい「報復」の文章を書き連ねていた。

「わが直接行動派の創設者にして最高指導者であった杉上雄一郎書記長。反帝国主義、反スターリニズム世界革命を一貫して標榜し領導した不世出の革命家、杉上雄一郎書記長は、七月十四日未明、反革命〝黎明〟によって虐殺された。われわれの怒髪天を衝く怒りと悲しみは止まるところを知らず、今どんな力をもってしてもこの烈々たる『報復』の念を掻き消すことはできない。われわれは杉上同志虐殺を指揮した反革命黎明派議長赤池芳生、動輪労委員長姉崎正義、政治局長加門慶介の三頭目処刑を必ずや実行し、虐殺に関与した下手人はもとより、黎明派官僚、兵士、シンパに至るまで、ただの一匹もその生存を許しはしない。虐殺された革命の尊い血は、反革命の恥多き死によって贖《あがな》わなければならない。われわれはまさに虐殺の翌日より、正義の報復戦を全面展開したことを厳かに宣言する」


「浩さん、杉上書記長のファンだったんでしょ」

私は、寝っころがって本を読み始めた浩さんの背中を揺すぶった。

「そうだよ」

浩さんは鼻声だった。泣いているのかと思った。

「何でそう言うかって言うとね、前、家宅捜索《ガサいれ》に備えて浩さんの西宮の実家にお邪魔させていただいたことがあったでしょ？　本棚に並んであったわ、ズラーッと。吉本隆明全集と並んで、なんと、『杉上雄一郎著作選・全八巻』が揃えてあったわ。たまたまかもしれないけど、あそこだけ窓から光が差してきていて、光に浮いててすぐ気付いた」

浩さんはこちらに向き直ってにやりとした。

「しかもよ。付箋が入っていて、そのページに赤で傍線が引いてあって、よく見ると、黎明派をやっつけたクダリとか、やっつけるための戦略とかばっかりなのよ。内ゲバ大好きなのよ、浩さん。ホント言うと、人民戦線派もゲバに強くてもっと武闘派っぽい、秘密っぽい組織に仕立て上げたいんでしょ？　杉上書記長が作り上げた直接行動派のように」

「でもそれは無理な相談だよ」

浩さんは、私の前で起き上がった。

「ほら君も知っての通り、うちは元から全体にイージーだし、それに活動家に女の子が多いだろ？　いちばん致命的なのは、まだ死者がいない。革命党派に必要な戦死者がいないことなんだよ。奥平剛士と安田安之は自爆してアラブの星になった。アラブは強くなっただろう。杉上書記長は虐殺されて星になった。直行派は強くなるよ。もう黎明派も人民戦線派も勝てなくなる……」

第八章　越冬闘争

一九七五年暮から七六年正月にかけて、私は西成区の釜ヶ崎にいた。

アジト近くのスーパーの安売りで、ありったけのお金をはたいて男物の肌着を買い、人民戦線社から支給された古い毛布を数枚持って大阪環状線の橙色の電車に乗った。乗客の、特に中年の女性の好奇の目が多少気になったが、それより今から〝釜ヶ崎〟に行く緊張感が私の心を領していた。西成区釜ヶ崎――その名は聞いてはいたが足を踏み入れるのは初めてだった。

新今宮駅の改札口を出た直後から、すでに釜ヶ崎独特の臭いと風景のかけらが漂ってきた。

一泊三〇〇円の木賃宿にさえ泊まれない労働者たちに炊き出しをしたり、段ボールで寝ているところに毛布を掛けてあげたりする。彼らは無知のせいか肌着を着ずにジャンパーばかりを着込むため、保温が効かず朝になって凍死しているということもある。そういう彼らには肌着を買い与えなければならない。夏ならば、労働者たちは元気すぎるほどだ。酔った勢いで交番を襲ったり暴動を起こしたりする。彼らや彼らを支援する新左翼学生や党関係者たちと機動隊との間で小競り合いが起きる。夏のそもそもの暴動の原因の一つは、暴力団の資金源になるあっせん会社のぼったくりだったので、啓蒙活動を兼ねて、新左翼やキリスト教の教会関係者が出入りしていた。

「三角公園のところで三好たちが待ってる。炊き出しの準備をしてるから早めに行って手伝ってあげて。あ、メットはそこで渡すから」

西天満の人民戦線社のデスクで、関西支部長の田崎弘雄が毛布を渡しながら言った。

「でも、夏よりましだよ。夏は、ダニや、シラミがうようよいる。結核菌も蔓延している。知ってる？　日本で国境なき医師団が入っている唯一の地区なんだよ、釜ヶ崎って」

人民戦線派は妙な小競り合いや内ゲバとは無縁であることを示すためにも、私のような女活動家を派遣したのかもしれない。

炊き出しが終わり、炊き出しに来られなかった病弱だったり、人付き合いが下手だったりする人たちのために、毛布と肌着と固形のおにぎりなどを持ってあちこちの野宿現場を回る。大釜で作った雑炊でお腹と暖を満たした私も、底冷えのする西成の街路を歩くうち、すぐに体が冷えてきた。

シャッターの下りた新今宮駅の前で座り込んでいる浮浪者が手招きしている。駅の電燈の鈍い光に照らされてその顔は黒光りしている。足元には段ボールをそれぞれの体に巻きつけた浮浪者が三人ほどごにょごにょと蠢《うごめ》いている。よく見るともう一人横たわっているのがいる。その男は酒瓶を手に持ったまま横たわり、手招きした浮浪者がその上にのしかかるように坐っているのだ。のしかかられたまま酒瓶を持つ男の口元から道路へと一筋流れる薄黄色の吐瀉《としゃ》物が、駅燈の薄ら明かりの中に浮かび上がった。

近づくと、これまで嗅いだことのない何とも言えない饐《す》えた臭いが漂ってきた。手招き男はいきなり私の腕を摑んで、もう片方の手で自分の下半身に置いた毛布をはだけた。驚いたことに男の下半身は剝き出しだ。剝き出しの下半身を酒瓶男の腹の上に乗せているのだ。男は私の手を股間に導いた。カチカチに固まっていた。男は自分の口を指差し、ここを使ってくれ、とかすれた声で言った。饐えた臭いに安酒の臭いが混じり、私は気を失いそうになった。蠢いて横たわっていた三人の浮浪者が体を起こし、薄ら笑いを浮かべながら下履きを取り下半身を剝き出しにした。じゃんけんが始まった。勝手に私を相手に順番を争っていたのだ。

不思議な気分だった。底辺層の解放を謳う革命党派たるものはこんな連中を取り込まなければならないのか。おそらく黎明派なら、初めからこんなバカげた釜ヶ崎の連中はルンペンプロレタリアートとして相手にしない。こいつらは仮に黎明派の革命が成就しても浮浪者のまま置かれるだろう――いや粛清の練習台にさせられるのがオチだろう、釜ヶ崎の組織にまつろわない人間はそういう使い道しかない、どこまで行ってもルンプロはルンプロとしての扱いを受け続けるのだろう。

私は男の硬くなった物をしごき始めた。男は私の胸をまさぐり次に私の下半身をまさぐってきた。果てるまでに少しでも長く女体に触れたいという魂胆が見えた。ルンプロなりに果てるまで許された時間の有効利用を計算してる！　私は笑いそうになった。

――ほどなく男は果てた。「おおきに」と男はかすれ声で呟いた。次の男が待っていた。私の右手はすでに慣れていた。この男もその次の男もその次の男も、全く何の幸せもなかったであろう男たちの人生を集めた精液達が冬の釜ヶ崎の空に散っていった、私の手で……。私の手に残った物は、徹底的に無意味な人生を送ってきた者たちの、徹底的に無意味な、もはや名すら持たないどろどろの精液の残骸、つまりは汚物だった。

手に持っていた全部のおにぎりと毛布と肌着を男たちのそばに置いて、私は急いで近くの公衆トイレに駆け込んだ。水道の蛇口を出しっぱなしにして、汚物にまみれた右手をそこに曝《さら》し、左手で何度もこすった。手がかじかんできた。手の匂いをかぎ、大丈夫とわかると私は公衆電話を探した。遠くで餅つき大会の歓声が聞こえた。

七六年の正月が明けていた。

電話の向こうには妹のちさとがいた。

「あけましておめでとう。みんな元気？　あまり十円玉ないんで、ちょっとしかしゃべられへんけど」

「うん。あけましておめでとう。お姉ちゃん。私、今年結婚するんよ。相手は乙原の人で、消防署に勤めている人」

「よかったな。二重におめでとうやな。お父さんもお母さんも元気？　おばあちゃんも元気？」

「うん。みんな元気や。お姉ちゃん、内ゲバ大丈夫？」

「警察来たん？」

「いや来てないけど。誰も金山では知らんと思うよ、お姉ちゃんが過激派やっとるって」

「ええ人？　その、乙原の旦那さんって」

「そらそや。お父さんどうしが友達でもあるし。前から知っとった人や。岩屋ダムマラソンで一位やった人なんや」

「そうか。よかったな。ほな切るわ。電話あったこと誰にも言わんといてな」

電話は話が終わらないうちに十円玉が尽きたと見えて切れた。

その年の五月に妹が同じ町内である乙原の消防士と結婚した後は、理解ある夫君のお蔭もあって、連絡は乙原と西天満の間に変更された。結婚式での、姉である私の欠席の理由は〝姉みゆきはアメリカ留学中〟ということで片づけたらしい。

第九章　黎明派の女

一九七六年の夏の盛りだった。大阪の駐車場アジトに石井博隆君が訪ねてきた。一年半ぶりに会う博隆君は、すっかりたくましい大人の男に成長していた。ただ顔中ひげだらけで体中から異臭を放っていた。所持金は初めから三〇〇〇円しかなく、人民列車に乗る金もないので、十日ほどかけて千葉から自転車でやってきた、と言った。最近国道沿いのあちこちに建ちつつあるファミリーレストランでたらふく食べ、そのまま食い逃げするという手口で、東海道をひたすら自転車を漕ぎ、荷台につけた簡易テントで野宿してきたと自慢げに話した。

「別の家族が出るのを見計らって一緒に出るんです。特に小さい子の頭を撫でながら出ればほとんど咎められないから、そこがコツなんですよ」

「全部うまくいったわけではないでしょ？」

「静岡と浜松の間らへんで一度やばかったんです。何だか入った時からやばいな、とは感じていたんですがね、店員も初めからちらちら見てるし、これはマークきついかな、と思ってたら、案の定ですわ。その時は、とにかく猛ダッシュです。ガキの頭なんか撫でてる暇ない。その時は、絶対逃げなければ俺の人生ダメになる、医師国家試験も受けさせてもらえない、と思って必死に自転車までたどり着き必死になって自転車を漕ぐ俺と、とりあえず追いかけるふりをしようというバイトの店員の意識の高さの違いで、逃げ切ったんですよ。大阪の人らが人民列車でキセルするのと同じ、とりあえずの国鉄駅員と日本革命を担っているから捕まるわけにはいかんという若き革命家の意識の高さの違いと同じ、ですわ」

その年の春、博隆君は、千葉大医学部に現役合格していた。

「とりあえず、シャワー浴びなさいって。さすがに臭ってくるわよ。その間にポケベルで浩さんに連絡しとくから」

「わかりました」

シャワー室で髭まで剃って出て来た博隆君は、浩さんのパンツを穿いて、りりしい上半身を曝して私の前に現れた。

「実は、浩さんとみゆきさんに会いたかったのともう一つの理由は、五月の鉄塔決戦の時に機動隊のガス銃水平撃ちで頭ぶち抜かれて殺された野戦病院の鮫島薫さんの墓参りをしたかったからなんです。鮫島さんを追悼してお父さんが中心となって『薫風』という機関誌を出すことになって、僕も編集委員に加わらせてもらったんで」

バスタオルを頭から被り、体中から流れる汗を拭きながら、博隆君は黒く日焼けした端正な顔立ちの大きな目から、射るようなまなざしを投げてよこした。

「権力の主張する、あれは機動隊の水平撃ちのせいではない、仲間の投石が当たったんだという御用学者の意見が、通っちゃったんですよ。それで撃った張本人、不起訴になったんです。仲間の投石って、鮫島さんの頭蓋骨をぶち抜く時速三〇〇キロの投石って、誰が投げられるんですか。法政の江川でも無理でしょ。こうなると俄然権力、特に現場の機動隊員のマインドは強くなるって。これからはバンバン撃ってくるでしょ、時速三〇〇キロの水平撃ち」

カンカンカンと鉄製の階段を駆け上がる音がしたかと思うと、部屋のドアが開いて、浩さんが入ってきた。

「浩さん」

博隆君は立ち上がって駆け寄った。

「俺の嫁さんに手を出しよったな、この間男め」

浩さんは嬉しそうに博隆君の頭をポンポンと叩いた。

「あ、おまけに間男したおっさんのパンツまで穿いてけつかる。どや、寝取った男のパンツの穿き心地は」

「浩さん、臭《くさ》いっすよ。お風呂に入ってないんじゃないですか」

「おう、お前でも臭《にお》うか、こりゃまずいな」

二人は抱き合いながら軽口を吐き続けている。

「じゃあ、俺もシャワー浴びるとすっか」

浩さんはその場で素っ裸になりシャワー室へと入った。入ってすぐ、石鹸だらけの頭をのぞかせ、

「あと二時間だけ、時間がもらえたから、冷しゃぶ食いに行こうや。ハモの冷しゃぶ、予約しといたから。千葉大医学部合格祝いや」

と言った。

浩さんは、阪急東通りのハモしゃぶの店から直接社に帰っていった。

「みゆきさん、聞いてる？　浩さん、会議での発言が女性党員からの指摘で問題にされてるって」

浩さんの後ろ姿を見送りながら、博隆君は言った。

「知らない」

「知らないんだ。……浩さん、関川さん、会議の席で『こんな、女子どものすることぐらい……』って言った途端、ある女性党員がね、『異議ありっ』て挙手したんだよね。そして『それは女性に対する重大な侮辱で、差別発言だ』と叫んだんだよね。それで会議が紛糾して、ほら、前から、浩さん、いろいろきわどい発言する人でしょ？　僕ら千葉人民共和国の人民は平気だし、むしろ面白いし、大好きなんだけど、いろいろうるさく言う人がいてね。特に顔の不自由なお年を召さなくても召してるかなと思わせるような女性、ね、大きな声で言えないけど、治外法権の大阪なら言えるって言う、顔ばかりか、心の病にかかっていらっしゃる女性、ね……」

博隆君は精いっぱい私の気持ちをほぐそうとしていた。

「そうなの。それで、私とのこともいろいろ指弾される材料になってるわけだ」

「そんなことは平気なんだよ。むしろ女性解放の立場だから、自由恋愛という、ほら昔の伊藤野枝と大杉栄みたいな、先駆的女性という観点もあるから。でもそれって、見方を変えりゃあ、女性の人権、特に結婚している女性の妻という人権を蔑《ないがし》ろにしたっていう観点に立つこともできるから、浩さんを批判しようと思えば、その観点をいろいろ好き勝手に選択して糾弾することはできるわけで、……みゆきさん綺麗だから、特に浩さん、風当たりが強いのかも、ね。団結小屋でもいろいろやられてたって、オフクロが言ってたよ」

私は初めから、浩さんは共産主義者なんかではない、と思っていた。反スターリニズムということ自体、個人の心の内部にまで踏み込んでくる「権力」なのだ。そしてそれは資本主義であろうが共産主義であろうが、「権力」であることに変わりはなく、結局は打倒すべきだという意味だ、そう思っていた。

「僕、今日はさすがに、ビジネスホテルに泊まります。僕ももう大人なんで」

博隆君はそう言ってはにかむように笑い、その場から去っていった。


九月の半ば頃だった。田崎さんから呼び出しがあり、三好さんの都合が悪くなったので代わりに社会党系人権団体が主催する「女性人権セミナー」に出席してくれないか、との指令を受けた。

「わかる？　スカウト戦術ってやつよ。問題意識のある女性が大勢寄ってくるからね。今回のパネラーにはテレビによく出る塚本小枝子っていう半分タレントの精神科医を招いたらしい。だから、いつもより五〇パーセント増える、と主催者側は踏んどる。来ている女性の中でこれはっていう女性参加者がいたらその人に声を掛けて、その後お茶にでも誘って住所と電話番号聞いといてちょうだい。オルグよ、オルグ。あとは俺らの方でやるわ。細江ちゃんは一番初めの水先案内人というわけよ。結構大事な役割やで。若いから警戒されんしな。細江ちゃん、人懐っこいところもあるしね」

「三好幸子さんの代わりなんて、私で務まりますか」

　確かに、私は不安だった。私はもはや学生ではないし、かといって社会人経験があるわけでもない、単なる田舎モンで、普通の都会の一般女性の誰よりも見劣りする。どんな顔をして意識の高い一般女性が集まる場に行けばいいというのだろう。ましてやそんな人たち相手に、オルグの真似事などできやしない。その点、三好さんは、大手の書店に勤めていて、同盟員でありながら働く女性としての社会人の顔も持っている、いかにも仕事のできそうなショートカットの地味で小柄な女性だ。暮の西成の三角公園で炊き出しの準備で一緒だった時には、慌ただしかったせいもあり、プライベートなことはほとんど何もしゃべらなかったが、しっかりした人だという印象を持っていた。

「三好かて、最初は尻込みしとったらしいけどな。最近は堂々たるもんさ。何事も場数やって」

　関西支部長の田崎さんの説得に、結局私は根負けした。

「女性人権セミナー」が行われる大阪市立労働センターの会場は、ほとんどが女性でぎっしりと埋め尽くされていた。立ち見する人さえいた。

塚本小枝子の話は、ほとんどがテレビ出演の自慢話ばかりだったが、さすがにうまくまとめているな、と感じさせる聴き易い話しぶりで、時々あちこちから笑いも漏れていた。

この中でいったいどうやって「見どころのある加入予備軍」を見つけることができるのだろう、そんな思いで休憩のたびごとに私は周囲を見渡した。


トイレ休憩の終わりがけに、一人の女性が私に、

「細江さんでしょ?」

と話しかけてきた。知らない顔だった。目鼻立ちの整った、顔もスタイルもよい美人で、こうしたセミナーにはそぐわない人のように見えた。

「もう聴き飽きたでしょ? 塚本小枝子って、親がお金持ちの共産党員でね、裏口で医大に入った人よ。ねえ、実は、ちょっとあなたにお話があるの。知ってたのよ。あなたがこのバカバカしいセミナーに派遣されたってこと。私は、高梨有子。もちろんコードネームよ。あなた方が大嫌いな黎明派よ」

私は思わず「あっ」と声が出そうだった。

黎明派かぁ――私は、初めて見るどんな外国人よりも遠くから来た人に見えた。

「さあ、こんなとこ、早く出ましょう。あなたに見せたいものがあるわ。ね、細江みゆきさん」

私は、私の今回の行動を、また私自身のことまで熟知していそうなこの高梨有子という女性に、怖さより、好奇心を感じた。年上の、美人女性ということもあった。私はいつの間にか自分の〝任務〟をすっかり忘れていた。


労働センターの一階の喫茶室はさすがにガラガラだった。

コーヒーを運んできたウエートレスが去った後、高梨有子は「いいかしら?」と言ってタバコに火をつけた。

「あなたは吸わないの?」

「ええ」

「じゃあ、悪いわね」

「あ、いえ、私は大丈夫です」

「かわいいわねぇ。うちに欲しいわ」

そういうやり取りがあって、彼女は、

「黎明派っていうのは、先月までの話。実は、もう辞めたのよ。まだ正式に脱退届は出していないけどね」

と言い、大きく煙を吐き出した後、自分は結婚したけど子どもがいないまま離婚した、と言った。その結婚相手は名古屋の黎明派の幹部だと言った。

「離婚の原因は、やっぱりあの状態に耐えられなかったということかしらね」

黎明派の女性は美人ぞろいだと聞いたことがある。この人もきれいにタバコを吸う。髪の毛をかきあげる仕種が何ともサマになっている。彼女は、私が訊きもしないうちから一気にまくしたてた。

「夜、寝静まった頃に物音がすると、奴らが来る！　と叫んでいきなり跳び起きる、急に部屋の中に机や椅子でバリケードを作る。そした頭を押さえて、奴らがやってくる、バールがやってくる、と言って喚き、受話器を上げてプープーという音を確かめる。電話線が切られてないかどうか知りたいのよ。そうしたかと思うと布団を被って、ワーワー泣きわめく……ねえ、そんな生活、毎日よ。あなた耐えられると思う？」

高梨有子はまるで舞台女優のように大げさな身振りと抑揚をつけて語った。

「離婚した後どうなったんですか？」

「彼の方？　それとも私の方？　私の方は名古屋で予備校の講師よ。聞いたことあるでしょ？　向学塾。あそこで英語の講師してるわ。あ、彼の方は専従活動家よ。確かに狙われるとしたら彼の方よね」

「私のこと、どこまで調べ上げてるんですか？」

「さあ、どこまでかしらね。でもあなた有名だわよ。人民戦線派のマドンナって言われてるでしょう。人民戦線派って、ハッキリ言ってブスばかりでしょう。目立つでしょうよ。でも大幹部の女だから誰も手を出せない、そんなとこかしら。……あ、いいこと教えたげようか。今度一人、お宅の団結小屋に、可愛い女の子を送り込んだわ。もう少ししたらその子を巡って男女の問題が起きること、間違いなしよ。死期が早まるわよ、おめでたい人たちの人民戦線派。人民戦線派の死に水を、私たちがご丁寧に取ってやろうってわけ」

「黎明派では男女の問題はないんですか？」

「あるある、大ありよ。ドロドロよ。まあ人民戦線派や直行のバカ党派に比べれば、男も女も粒ぞろい、とまではいかなくても、まあ水準は保っているからね。ブスはブスの扱い方知ってるし。……実は私の元夫もそれで揉めた口だからね。私は、予備校で英語講師してるでしょ？　今度その向学塾が、全国制覇を狙ってるのよ。関西にも進出するというので、京都大学の文学部大学院言語学科で、大学の教師になれなくてくすぶっている人らを専任で雇おうという方針を決めたわけね。彼らは迷うわけ。予備校に行けば大した給料がもらえる、でも予備校の専任になったらもう大学には戻れない。そこで黎明派政治組織局は私を京大言語に派遣して、予備校側に引っ張ってくるようにってオルグの指令を出したのね。そのうちの一人がまんまと引っかかって、黎明派の同盟員になると同時に予備校に来たはいいけど、私にぞっこんになってしまってね。欲求不満溜まりまくりのうちの元夫から摘発されて徹底的に査問されたの。一週間監禁されて、お前は直行のスパイか、とまで言われてね、人間辞めたくなるほどまで精神的、物理的査問を受け続けて心身ともに追い込まれて。何せ、弱い奴が弱い奴をいじめる時って、陰湿でしょ？　それでそのおにいさん、黎明派も予備校も、そして大学院も辞めちゃってね。可哀想だけど、廃人よね。私も罪作りよね。予備校講師って、けっこう稼げるのよ。私も向学塾に採用されて結構なお金がもらえるってわけなの。これでも人気講師だからね。直行上がりや黎明上がりがごまんといる。皆、お互い過去の素性知っててうまく共存してるわ。全共闘運動がポシャった後、その残党が大学や予備校に流れ込んできて、かつて大学解体を叫んで暴力革命を目指した有り余るエネルギーを、今度は大学や大学に入れるための予備校での活動に注いでいる。皮肉と言うか、何と言うか。辞めた後ろめたさか何だか知んないけれど、元の党派にもカンパしてくれるし、授業中左翼的言辞を吐けば、いたいけな若者たちはデモの隊列に参加してくれるし、党派としては大助かりよ。中には何を血迷ったか、同盟員になる子もいるわ。革命党派を支える二大軸は、軍事と財政でしょ？　うちは財政的基盤はしっかりしてるわよ。軍事についてはさすがにここでは言えないけど、財政面では、国鉄労組の一つを完全に握っているから組合費はしこたま入るし、早稲田大学とかメジャーどころの自治会を押さえているから、純朴な学生たちが知らず知らずに払う自治会費や、学園祭のたびに入場料や模擬店、シンポジウムの入場料などそこらのテキヤ以上のショバ代ふんだくってるから。しかも、逮捕されたら、核心以外の所を自供してさっさと釈放されてこい、公判でもどうせ微罪なんだからあっさりと〝罪〟を認めて〝反省〟したふりして執行猶予を勝ち取ってこい、党から立て替えてもらっている保釈金も早く返してもらえ、という方針だからね。とにかく出て行くのを節約して、入るのを大切に、というので一貫しているからね。組織としてはとてつもなく強いと思うわ、黎明派って。そんな財政基盤に支えられて軍事の方がお留守ってことは決してないわけだから、ここでは言えないけど、軍事能力も相当なもんだと思うべきよ。内ゲバではうちは直行なんかにやられっぱなしのイメージがあると思うけど、でもよく見てごらんな。うちは直行の杉上雄一郎を的確にせん滅したわ。これは、という敵側人物を的確にキリオトシしている証拠よ。直行はどうよ。黎明派三頭目処刑を謳いながら、その三頭目の誰一人として処刑なんかできていない。言っちゃ悪いけど、殺してんのは下っ端ばかり。赤池議長の演説でも『権力の謀略に斃れた七十数名の同志たち』ってあのいい方、あれは何よ、内ゲバで自分の身代わりに死んだ下っ端の名前はおろか、人数すらもしっかりと把握してないんだからね。いい加減なもんよ。対する直行派と言えば、まず索敵活動もお粗末なもんよ。誤爆もしょっちゅうだしね。それだけにファナティックで怖いと言えば怖いけど、それは言ってみれば〝キチガイに刃物〟レベルなわけでね」

「あの、何で、よりによって私を呼び出したんですか？」

「あ、そうそう、それだったわね。あなたに見せたいものがあるのよ」

「え、見せたいもの、ですか？」

「そうよ。ここじゃないわ。今から新大阪に行くから、付き合ってほしいの」

「新幹線ですか？」

「ばっかねえ。新幹線なわけないでしょうが。新大阪と言えば新幹線しか思い浮かばないようじゃ、革命党派の同盟員としては、なってないぞ」

高梨有子はきれいな歯並びを見せて笑った。

「新大阪駅はね、新幹線の駅を作るときにね、手狭の国鉄大阪駅にはこれ以上新幹線の駅は無理だからということで、大阪駅からちょっと離れた被差別部落に目を付けたのね。そこをうまく買収すればでっかい敷地が確保できるから、というわけで、大阪駅とは別の、新大阪駅を作ったのね。それが、この今から見せる物語、大スペクタクルの始まりよ」

そう言った後、

「今から、そこに行くのよ。タクシー使うから。あ、ここは私が払うから」

と言い、さっと請求書を取り上げた。

高梨有子は外に出て手際よくタクシーを拾い、タクシーなどほとんど乗ったことのない私を、後部座席の奥に乗り込ませた。

タクシーは新御堂筋を北上したかと思うと、すぐ新大阪駅が見えてきた。そして駅の高架にさしかかる手前をななめ左に下り始めた。

坂道を下り、タクシーが左折すると、高梨有子は運転席に向かって、

「あ、運転手さん、ここからゆっくり目に走ってくださいな」

「承知しました」

「いい、右側をよく見てて」

今度は私に向かって言った。

タクシーは広い道路をゆっくりと走った。マンションやビルやガソリンスタンドが建ち並ぶ灰色の風景が続いていく。それだけだった。

「あ、運転手さん、そこをUターンして今来た道を走ってちょうだい、同じゆっくりとし

たスピードでね」

「承知しました」

タクシーはUターンし、同じ道をまた同じスピードで走り始めた。先ほど坂を下ったあと左折した道で、信号は赤に変わった。

「どう、わかった？」

「わかりません」私は正直に答えた。

「わからない、そう。わからないかなあ。まあいいや」

「教えてください」

「教えてください、か。ヒントを言おうか。当時最も優秀な東大卒高級官僚出身の元A級戦犯、元首相の岸信介が設計した、被差別部落の街、新大阪。……どう？　わからない？」

私は担がれている気がして少し苛立ってきた。

「答えを言おうか」

私は黙っていた。

「区画の幅の長さ、見事におんなじでしょ。……運転手さん、悪いけど、もう一度Uターンして、同じ道を同じスピードで、ゆっくり走って」

「承知しました」

しばらく走ると、「あ、それでね、運転手さん、そこを右折して、またしばらく同じスピードでゆっくり走ってくれる？」

「承知しました。あの角を右折ですね」

「そう」

右折してしばらく走ると、高梨有子は、

「……でしょ？　ここも区画の幅の長さ、おんなじでしょ？」

「あ、そうです、そうです」

私は興奮した。

「つまりね。岸信介は、その頃クルマを走らせながら、目分量でね。はい、はい、を繰り返したのね。ストップウォッチを持った部下がそこに印を付けさせるわけ、道路に何らかの目印をね。そこに道ができるの。東西を測量し終えたら、今度は南北。するとそこに正方形がいくつも出来上がるの。そうしてできた街。それが新大阪よ」

私は意味がよく呑み込めなかった。

「もと被差別部落だったところは、それこそぐちゃぐちゃよ。でもそのぐちゃぐちゃは妙に温もりがあった。内部の者にはその温もりが有難く、外部のものにはその温もりが怖かった。元々これがいわゆる差別の始まりよ。差別は、内部のエネルギーが凝縮してわだかまり、強固になる。それを外部の者が見て怖いと感じる、差別して遠ざけようとする。その秘密は、図形よ。正方形とか、円とか、長方形とか名づけることができる図形を作ることによって外部の者が安心する仕組みにしたのが、怜悧《れいり》な頭脳を持つ岸信介よ。都市づくりの名手だわ。その代わり、何が失われたと思う？」

「温もり、ですか？」

「正解。ま、ヒントを言ったからね。でも、それでよしとしよう」

私は、学校の成績を褒められた小学生の頃のように嬉しかった。要するに高梨有子の術中にある喜びだった。それはわかっていたが、それでも嬉しいには違いなかった。

「あ、運転手さん。ここまででいいです」

「かしこまりました」

「あー、優秀な運転手さんでよかったー」

「ありがとうございます」

若い運転手も気分良さげだった。

タクシーを降りたところは、綺麗な一二階建てのマンションの前だった。

「ここから先は、声に出しちゃダメ。いい？　約束してね。あ、それからこのマスクとサングラスをかけて。顔がわからないようにね」

　高梨有子は、マスク、サングラスを渡した後、表玄関でボタンを押し、何事か暗号めいた言葉をつぶやいた。ドアが開いた。エレベーターにカードをかざし、中に入ると12Fを押した。

　こんな最先端のマンションに入るのは初めてだった。ここが黎明派のアジトか、ここを見せてもらえるのか――私は、怖さより好奇心が逸《はや》るのを覚えた。

　一二〇一の番号の横の「㈲新大阪企画」と書かれたドアの前に立ち、高梨有子はインターホン越しに先ほどと同じ暗号めいた言葉をつぶやく。ドアが開き、マスクをした女の人が無言で会釈した。私の方を一瞥《いちべつ》したが、すぐに中に引っ込んだ。私たちも無言で中に入った。

「いい？　ここからは何があってもしゃべっちゃダメよ」

　高梨有子は私の耳元でささやき、私を隣の部屋のドアの前に導いた。先ほどの女の人がドアに付いているパッケージを開け、数字を素早く入力する。ドアが開いた。そこには中学生の時に見学した岐阜のラジオ放送局のディレクター室のような小暗い部屋があり、目の前の大きな窓からはさらに隣の部屋の様子が見えた。

　明るい隣の部屋にはこちら側を背に五人のヘッドホンを付けた女の人が横一列に坐って

ひたすらタイプ打ちのような作業をしている。もう一列向こうにも同じ数の女の人が同じような作業をしているようだ。

「わかる？　全国の警察無線を傍受しているのよ。その中で特にわが派に対して謀略を仕掛けてくるような情報をピックアップしているの。三交替制でね。延べ三〇人ほどの女性同志が昼夜問わず二十四時間体制で作業しているの。政治家や芸能人のスキャンダルとかが見つかる時もあるから面白いって言ってた。そういうの、新聞や雑誌、週刊誌、テレビ局なんかが買ってくれるのね。それは副収入なんで、一部は上納せず、みんなで山分けしてもいいとなっている。だけど、上納金だけでこれほどの設備稼働をさせても十分ペイするって言ってた。発案者は誰だと思う？　当然、謀略論の創始者で、謀略大好きな赤池芳生議長、及びその妹婿の西田正行政治組織局員よ。笑っちゃうでしょ。あ、もちろんその副収入の一部を下部に回すという発案者は西田さんだけどね。……もう少し見ててね。もう少し経つと休憩に入るから。その時、あの右から二番目の人、こっちを向いた時、よく顔を見てね」

私は言いつけ通り、じっと目を凝らした。

「あ、そろそろ休憩よ。見てて、見てて、あの右から二番目……」

オルゴールの音が聞こえてきた。ほぼ全員が一斉に伸びをした。私は右から二番目の女の人がこちらを振り向くのをじっと待った。その人が左を向いた。左横の人と何やら談笑している。ここからは、彼女の横顔をハッキリと見える角度ではない。――もっとこっち向いて――私は心の中で叫んだ。ようやくその人は回転椅子を回してこちらに向きを変えて立ち上がろうとした。

私は「あっ」と声が出そうになった。

あの人は――三好さんではないか。あの三好幸子ではないか。向こうもこちらを見た。私を認識しただろうか――一瞬不安がよぎった。高梨有子が軽く手を挙げた。三好さんも高梨有子にぺこりと会釈した。なるほど、ここは上下関係か。しかもマスクとサングラスのお蔭で、私の存在は気付かれないのだ。

私は頭の中を整理しようと必死だった。三好さんは、黎明のスパイだった――これは紛れもないことなのか。高梨有子はなぜ、私にそれを知らせたのか、それのみならず、黎明派のおそらく最高機密の全体像をなぜ、私に教えたのか――私は今、声に出すことを封じられているのがもどかしかった。

「ほかの女の人の顔もよく見て。見覚えあるとかないとかじゃなくて、あの人たちの容姿にどんな共通点があるか、よく見て。いい？　あなたの人生の問題よ」

高梨有子はさっきより数段早口で一気にまくしたてた。

「よく見た？」

私はうなずいた。

「じゃ、出よ」

高梨有子はきっぱりと言った。


「あそこにね」

高梨有子はようやくもとの大きな声で話し始めた。

二棟ほど隔てた別のマンションの一室だった。彼女が個人的に借りていると思しい先ほどよりやや小ぶりの部屋に私たちはいた。彼女は手際よくインスタントコーヒーを淹れてくれた。

「東淀川《ひがしよどがわ》高校ってあるのよね。私、名古屋でしょ？　でも学生運動が高校に飛び火して、全国的に高校全共闘があちこちに生まれていた頃、大阪のトウヨドっつったら日本全国知らない者がいないぐらい、超過激で、超有名で、超かっこよかったのよね。最も先鋭的な戦い方をしている大阪のトウヨドに続け！　ってね。名古屋はほら、あの秀才学校の旭丘がね、整然としたデモを行ってたでしょ。秀才らしく定刻に集まり、整然と行進して、整然と諄々《じゅんじゅん》と切々と訴え、定刻に解散するという民度の低い中部地方の能天気なマスコミに受けを狙ったその偽善ぶりに、私なんか反吐《へど》が出るぐらい虫唾《むしず》が走っていた頃、大阪の東淀《とうよど》――背後に被差別部落を控え、浅草弾左衛門から水平社へと流れてくる栄光の部落解放同盟の流れを汲む東淀の学生運動は実に眩《まぶ》しかったわ。でも今では、東淀も、何ごとも同学区の北野高校の後塵を拝する普通の高校よ。新大阪も、すっかり無機質の街に変わったわ。人は人、おのれはおのれ、隣は何をする人ぞ、よ。だからこそよ。黎明派が周囲に気付かれることなく、怪しむ者もいず、白昼堂々と、警察無線の傍受を仕掛けることができるのだわ。わかるでしょ？　新大阪が、いかにも黎明派らしい、冷え冷えとした無機質の街だからこそのアジトづくりを考えたのは。だから、遠い恩人と言ったら岸信介、よね」

「三好さん、て、いつからスパイなんですか？」

「けっこう前からよ。あなたに『女性人権セミナー』を間接的に受けるよう仕向けたのは、私。私がまず三好さんに、『女性人権セミナー』でお会いしましょう、と言っておいて、急遽、こちらの仕事を入れたのね。それで、あなたに代わって、誰か頭の弱そうな女の子を代わりに行かせるように上司に進言してよ、って命じたのよね。頭の弱そうな子と言ったら、おそらくだけど、あなたを指名するとほぼわかってたの。三好さん、あなたのこと嫌いだからね。わかるでしょ？　あの人のプライドは、頭が良くて仕事ができる、でしょ。だから、容姿に恵まれてる人は潜在的に敵なのよね。そういう人には、頭が悪くて仕事ができないってレッテルを貼りたがるの。黎明派のように、美人ぞろいという風評のある党派にも、意外に、仕事のできるブスが集まってくるのよね。逆にどこかに自分の居場所があるって思うのかしらね。だから、ああした仕事を与えると、やりがいを感じて、どんどん頑張るわ。見たでしょ？　あのブスばっかりの集団。ブスが生きがいとやりがいを持って働く革命党派。実はこの組織は私たちが支えているんだという、ブスにプライドを持たせる、マルクスもびっくりの革命党派。盲目の教祖、赤池芳生は、よくもその薄明あるいは漆黒の闇の世界の中で、ビジュアル的な価値観を哲学できたものよね」

「なぜ、私に、あそこまで見せてくれたんですか？」

「さあね。ホントのところは私にもわからない。ただね。こういう話って、その答えのヒントになるかな、って思うけど、言うわね。黎明派は、ホントに頭の良い、またそれを自認してはばからない集団なのよね。実際、どの党派よりも知能が高くて強い。でも、そういうメンバー一人ひとりは、心にいつも意図して作り上げた空洞を持っているの」

「意図して作り上げた空洞？」

「そう。ここだけは完全な自由空間だぞ、っていう空洞。誰からも自由なんで、党の規約も上司の命令も全く通じない空洞を持っていること、これが私たちの最高のプライドの在り処なの。そこはおそらく黎明派の同盟員全員が持っていて、絶対に譲らないところであると同時に、ありとあらゆる気まぐれもあり、なのよね」

「ありとあらゆる気まぐれ、って、組織を裏切ることも含めて、ですか」

「そう。その通りよ。だって全くの自由空間という空洞だったら、それくらいは朝飯前でしょ？」

「でも、その自由空間という空洞の気まぐれにしたがって私が選ばれたとしても、私はただ戸惑うばかりで、じゃあどうしろ、ということなんですか？」

「あなた、実存主義、一度も齧ったことない？」

「ないです。サルトルとボーボワールの関係みたいなものですか」

「まあ、そう解釈したければ、それでもいいけど。とにかく〝自由〟を突き詰めていくとこそが心の真の解放につながる、というわけで、それが共産主義にありがちな画一性とか全体主義、みたいなものを排除できると信じている部分があるってこと」

「今度、人民戦線派に戻った時、三好さんと会うのがちょっと怖いです。三好はスパイだ、現場を目撃したぞー、なんて叫べるもんなら叫んでみたい、です」

　私は、少し微笑む余裕が生まれたことを知った。

「まあ、あとはあなたの心の整理、今後の人生設計、組織脱退とか、関川浩一郎とのこととか、色々総合的に考えて、三好一人のブスに拘泥《こうでい》することなんか芥子《けし》粒ほどの価値しかないという結論に至るなら、まあ、しばらくは放置しておいたら？　また連絡するわ」

第十章　吃音《きつおん》の革命家

浩さんが三か月ぶりに富山の工事現場から戻ってきた。一九七六年も暮れようとする十二月の半ばを過ぎていた。冬の北陸は雪と氷で普通の工事用機械がストップするため、アイスランドに寒冷地に強い機械の発注をどうするか、英語に強い浩さんが正社員を差し置いてその折衝を任されていたと話し続けた。

「アイスランドはね、ケルト人すなわちバイキングの子孫たちが作った国なんだよ。ほら君も好きな吉田一穂も研究したと言われるエッダの神々が活躍する北欧神話の話をしたら、彼ら喜んじゃって、契約の話はすぐまとまったんだ。社長も出てきて、ついでに一緒に飲もうということになって、こっちもヤマタノオロチをスサノオが退治した話を身振り手振りで知ったかぶりで嘘八百並べて話したら、今度第三次世界大戦が起こったら、まずイの一番に同盟結ぼうぜ。もうナチス・ドイツとかムッソリーニのイタ公とかと組むのはお宅らもゴメンだろうから今度は俺たちと組もうぜ、船を出すからよ、とかなんとかくだらない話で盛り上がって、でも格安で発注できてさ。ちょっと話は飛躍するけど、何とかうちの組織も財政大変だからな、どっかで組めたらとか考えてな……」

「浩さん」

こんなにも躁状態の浩さんを見るのは久しぶりだったが、私は不安が増すばかりだった。私はあえて浩さんの話を遮った。

「浩さん」

「何？」

浩さんは改めて私を見た。

「浩さんのいない三か月間、いろいろなことがあったの。まだ誰にも言ってなかったけど、……三好さんが黎明派のスパイだってことがわかったの」

浩さんは黙っていた。

「なぜ誰にも言ってなかったかというとね……」

私は、浩さんのリアクションを待たずに話し始めた。

「いや、ちょっと待って」

今度は浩さんが遮ってきた。

「知ってたんだよ、とっくに。いや、その件に関して言うと、まず、この俺が、今けっこう窮地なんだよ。博隆も言ってただろう。いや、あとから、博隆が連絡してよこして、みゆきさんに浩さんの窮地に陥っている話をしちゃったんだ、と言ったんだ。その通りなんだよ。それは今に尾を引いている。それはまず擱《お》いとくとして、その三好の件なんだがな」

　早口でそう言って、ようやく疲れた表情を見せ、私が用意した冷茶を一息に飲んだ。

「三好は、細江みゆきスパイ説を流してたんだよ」

　私は絶句した。浩さんの口元が少し緩んで笑ったように見えた。

「どういうこと？」

「まず、君は高梨有子に声を掛けられただろう。高梨有子、本名、倉田静江。黎明派の大幹部、というか、盲目の赤池芳生議長の愛人兼秘書。表の顔は、予備校講師というより、予備校のブローカーだな。授業は受け持ってない。予備校に自派の活動家もしくは活動家上がりの転び黎明派同盟員を講師や職員として送り込んでいる。予備校どころか、他党派にどんどんスパイを送り込んでいる。わが人民戦線派にも送りこんでいる。三好もその一人だ。革命党派だって、いわば民間の派遣会社みたいなもので、いろんな部署があって、オルグ上手な営業マンも必要だし、専従活動家がいたら、定期的に給料を出してやらなきゃならない、経理係も必要だ。ゲバルトの強い奴、実務仕事のできる奴、金を引っ張ってくる奴、そういう奴は皆絶対に必要だ。思想性は二の次だ。少なくとも俺はそういう考えだ。この前フランスのラルザックという市民団体が訪日したので、戸村さんの通訳として数日間同行した。そこで俺は、一坪共有化運動というのがあるのを知った。農地を公団が農家から買収してそこに空港を建設しようとする。それをその農家たちが嫌だ、と言って暴れ出し、それをきっかけに過激派連中が援農だのなんだので寄ってきて協力体制が出来上がり、近代日本初の農民運動、三里塚闘争が始まった。公団は何とかその農家を切り崩したい、買収工作を進めたい。売られたら過激派党派にとっては一巻の終わりだ。農民運動から革命運動に持っていこうとした暴力革命路線こそわが命の過激派もそれで終わる。だから空港建設に反対する市民がみんなして一坪ずつ買うことにしたらどうだ。市民個人の負担はわずかだ。農家は公団にではなく、彼らに売ることによって、まず七面倒な闘争から離れられる。一坪ずつ購入した革命的市民は衆を恃《たの》みに公団と渡り合える。公団も一戸の農家を切り崩す手間をはるかに超える手間をかけなければならなくなる。空港は永遠にできない。ラルザックはそれを目指して、革命派が永遠に革命派たりうる資金源を築こうとする団体だ。革命党派はだからその一坪市民を組織すればいい。会社で言えば、その会社の株を買ってくれた株主がたくさんいてくれるおかげで組織は盤石だ。これに猛反発してきたのが直接行動派だ。直行派が戴くのは、戸村委員長ではなく、土地を持たない農器具販売業だけを生業《なりわい》とする深浦事務局長なんで、まあ石井博正さんのライバル店なんだが、一坪運動すなわち土地問題の埒外《らち》だ。彼らは公団と裏で結託して、一坪所有を狙う市民にテロをちらつかせて一坪運動を阻止しようとする。彼らは何よりも革命党派としての永遠の存続が至上の命題だからだ。では、わが人民戦線派がこれまた組織の存続をかけて一坪運動を目指そうとするなら、どこと組んだらいいと思う？　そう、黎明派だ。直行憎しの黎明派は、直行を倒すことと、三里塚闘争を破壊するという一石二鳥の挙に打って出たのもそういう経緯からなんだ。軍事面で劣る人民戦線派としては、黎明派からの三里塚破壊工作を最大限抑えつつ、一坪運動の旗振り役をするという、何とも複雑なやり方を考えなければならなかった。高梨こと倉田静江のシナリオに沿って、三好を受け入れたのも、実はこの俺だ。それでうまく三好とわれわれは共存してきたんだが、三好が細江みゆきスパイ説を流布するということは、多分、あれだろう」

「あれって、何？」

「あれってのは、一口で言えば、女の嫉妬ってやつよ。三好は、高梨こと倉田の寵愛の対象が自分から細江みゆきに移ったって感づいたんじゃないかな」

「女による女への寵愛？　そして嫉妬？　そんなことで、任務を捨てるの？」

「女は皆そうだろうよ。……あ、こんな言い方するから、俺も窮地に立たされるんかもしれないね」

浩さんは今回初めて声を上げて笑った。

「自分で言うのもなんだが、俺が主張する一坪共有化も、人民戦線派内部のコンセンサスさえ得られてないしね。四面楚歌を自ら招いてるみたいなもんだよ」

「三好さんの唱える、私こと細江みゆきスパイ説は、みんな信じてるの？」

私はそちらも気になった。

「いや、そう信じてないんじゃないの。この三か月間、何も変わってないでしょ？」

「まあ、そうだけど」

「スパイったって、ただ可愛いだけでは務まらないからね。濡れ衣はすぐに晴れるよ」

「それって、なんかバカにされてるようで、嫌だわ」

「いや、そう言いながらさほど悩んでないでしょ。そういう楽観的なところが、俺は好きだよ。それでいいじゃん」

そう言った後、浩さんは、

「あ、向こうで、久しぶりに堀場《ほりば》毅一《きいち》に出会ったよ。相変わらず渋かったー」

と急に大声を出した。

「堀場毅一って？」

「社労協の創設者だよ。向こうもこっちのこと知ってて、向こうから、やあ、と声を掛けてきてくれたんだよ。よくここで会うねって言ってくれて、覚えていてくれてたんだ。嬉しかったね」

そういえば、社労協の創設者の話は浩さんから幾度となく聞かされていた。堀場毅一という名はその時に聞いていたかもしれないが、覚えていなかった。

社会主義労働者協会、略して社労協。浩さんの解説によれば、ここは、マルクス主義というより、ドイツの女性革命家ローザ・ルクセンブルグとその仲間の思潮を受け継ぐ党派で、社会の恵まれない底辺に光をあて、反差別、反天皇、貧民革命を標榜していた。浩さんが私に他党派についてシンパシーをもって語るとき、直行派よりも、どの党派よりも、この社労協について語ることが多かったように思う。それは、この党を事実上創設した堀場毅一書記長が浩さんの祖父と同郷の九州筑豊の出身であったことと無縁ではないと言う。炭鉱夫の倅《せがれ》堀場書記長は苦学して東大に入った後中退して、敢えて底辺の一労働者に身を置いたことも、京大を中退して革命党派に身を投じた浩さんと通底するものがあったようだ。

その後、堀場毅一は、山谷の最下層労働者を組織して数々のデモストライキを指揮するうち、時の日本社会党幹部の目に留まり、その協力を得て同組織を大きく育て上げた。ただし、日本社会党が、単なる労働貴族の集団に成り下がり、選挙での票取りのみに血道を費やすようになると、ここと決別。一切の資金援助を断って社労協を完全に独立させた……浩さんはまるで自分のことのように、自慢げに語った。

浩さんが京大を中退して三里塚現闘に入った頃、富山のダム工事現場で堀場毅一その人と、党派は違えど、しかも相手は曲がりなりにも一党を率いる革命党書記長であるにもかかわらず、すぐ意気投合して、飲み友達になったという。

「堀場さん、吃音なんだよ。スッと言葉が出てこない。特に、ナ行とタ行が弱い。あ、マ行も危ないかな。で、そこを避けて言葉を選ぶんだよ。それで却って語彙が増えたって言って笑ってた。だからちょっと変わった演説の仕方をしていたな。口語かと思えばリラダンを気取った日本語に定着する以前の外来語、かと思えば、伊良子清白《いらこせいはく》か日夏耿之介《ひなつこうのすけ》かっちゅうぐらいの古色蒼然たる文語漢語、そういった混在日本語の演説をぶつ、一口で言えば、単なる飲んべぇの酔っ払い演説。みんなゲラゲラ笑って聴いてたよ。その堀場さん、飲み屋でね、胸ポケットから後生大事にしまっていた写真を取り出して見せるんだよ。お前にだけ見せてやるからな、って言って。よほど大事な彼女の写真かと思ったら、何と、ローザ・ルクセンブルグの古ぼけたモノクロ写真。これ西ドイツに行った時、例のバーダー・マインホフの幹部からもらった、俺の宝なんだよって。またそこだけ吃《ども》らないんだよ」

堀場毅一について語る時の浩さんは、とても嬉しそうに笑みが絶えない。やっぱり浩さんだ。ポーランド生まれでスパルタクス団を率いた女性革命家ローザ・ルクセンブルグ。逮捕され拷問を受け虐殺された哀しげな貴婦人のような瞳を湛えたローザ・ルクセンブルグのモノクロ写真を後生大事に持ち続けていた吃音の革命家。その堀場毅一をまたイジリながらも慈しんでやまない浩さん。確かに、そんな話を聞くと私もこだわっていたことが、徐々にどうでもよくなっていく気がした。

「あ、それでね。毅一さんにいろいろ相談したんだよ。うちのスパイのこととかをね。そしたら毅一さん、二つの例を出して説明してくれた、一つは連合赤軍の崩壊。もう一つはレーニンによるロシア革命の成功。連合赤軍は、結局蜂起する前に、自分たちを共産主義的に純化しよう、そうでない脱落者は反革命だと決めつけて、大切な仲間を、お前はスパイだ、お前は反革命だと言って〝総括〟の名の下に殺してしまったんだな。一度も蜂起することなしにね。それぞれが役割ってあるじゃないか。運搬技術に長けている者、銃の扱いに慣れている者、理論家で綱領を作るのに優れた者。スパイもスパイでまた使いようがあるじゃないか。大切なのは、一度は蜂起することなんだ。そこで敗北して、ローザのように逮捕され拷問され虐殺されてもそれは後世に伝わる、残るんだ。犬死じゃないんだ。じゃあ、ロシア革命はどうか。革命が成功した後、スパイが次々と摘発されたんだよ。こんだけスパイがいてよくも成功したな、ってぐらい。つまりパワーさえあれば、スパイぐるみで成功するんだよ。スパイもこっちが成功しそうだなって思ったら、こっちに寝返るさ。スパイも人間だからね。そう毅一さんはシビアな説明をした後、バーブ佐竹の『女心唄』を替え歌で歌い始めるんだよ。しかも音痴でね。でも、さすがに歌では吃らない。ローザの写真を見せた時と一緒。『どうせ私をだますなら、だまし続けて欲しかった』ってところをね、『どうせスパイと知られずば、知られざらまし最後まで』って替えてね。一応、文語定型詩でね」

こう言って、また浩さんは高笑いをした。

年が明けて七七年二月になると、いよいよ鉄塔決戦の火ぶたが切って落とされた。空港滑走路予定地に各派は大きな鉄塔を建て、付近の団結小屋に立てこもって機動隊の破壊攻撃を阻止する、というささか原始的なものだったが、人民戦線派はこれに心血を注いだ。資金的に余裕があり全国に拠点を持つ大党派、直接行動派は、全国の運輸関連施設、空港公団施設、公団職員宅のリストまで作成し、ここに迫撃弾などを打ち込むという、まさしくゲリラ戦、個人攻撃戦にシフトしつつあった。職員個人宅を標的に、という発想は、黎明派への内ゲバテロ攻撃から得たやり方だったのだろうか。いずれにせよ、インパクトの大きさの割には、自派の逮捕者を極力減らし、組織の摩耗が防げるという意図が見えていた。世間の耳目も当然、華々しい直接行動派に集まり、カンパも多く集まったことだろう。

「俺が『電通』の担当職員だったらよ、人民戦線派にも直行式の花火路線を勧めるね。だって、過激派なんだから、やってること大衆に見せなきゃなんないんだから、人民戦線派にも、広告費だと思って、断固として、ドンパチ路線をやるよう勧めるね」

浩さんは、私にはいつも相好を崩してわかりやすく話してくれた。だが組織は関川浩一郎には冷たく、彼の意見はいつも退けられて、昔ながらの地を這うような〝大衆路線〟は墨守し続けられた。

あくまで隠密のゲリラ戦を否定し、大衆行動路線をという方針の人民戦線派は、決戦のたびごとに負傷者や逮捕者を多く出した。関川浩一郎は、その点でも組織方針とことごとく対立した。

「このままでは、人民戦線派は財政的にも、軍事的にも破綻する。逮捕拘留され、どんな微罪でも完全黙秘を貫かせ、複数逮捕だと統一公判を主張することが原則なので、被告人や弁護人の予定を合わせるためなどで手間と時間がかかり、最初の判決までも長い時間がかかる。判決が不服だと控訴、上告し、気に入った判決が下りるまで最高裁まで争う。長い時間が経過する。その被告人の人生はほとんどそれに費やされる。判決が確定するまでは保釈金は返還されない。組織財政も逼迫する。誰がその財政を補填するのか。被告人たちも含めた成員たちの日々の労働ではないか。裁判を抱えた上で、どうやって自分の生活と組織財政とを支えられるのか。脱落者が出て行くのをどうやって止められるのか」

関川浩一郎の主張はいつもそこにあり、いつも異端扱いされた。

私は、二月の鉄塔決戦でまた逮捕された中島君の面会に、移送された和歌山刑務所にまで足を運んだ時、坊主頭の中島君から浩さんと同じ主張を聞かされた。

その上で、中島君の父親が息子の〝不始末〟の責任を取って、警察官を辞職したこと、弟の結婚相手から破談を申し出られたことを涙ながらに語るのを聞いて帰ってきた。

扇町モータープールのアジトには、めずらしく浩さんが先に帰ってきていた。

私の呼びかけに、部屋のドアを無言で開けた浩さんの目は真っ赤に腫れ上がっていた。足元に『社労協』紙と、『黎明』紙が並べて置いてあった。

どちらの機関紙も見出しは同じ内容だった。

「わが社労協最高幹部　堀場毅一書記長虐殺　反革命黎明派による卑劣な白色テロ」

「走狗社労協最高幹部　堀場毅一を完全せん滅　反革命的所業に革命的処断」

　呆然と立ち尽くしている浩さんをその場に坐らせ、お茶を入れ、落ち着け落ち着け、と自分に言い聞かせながら、私は両派の機関紙を畳の上から取り上げて詳しく読み返した。

　七七年二月十一日、社労協最高幹部、堀場毅一書記長は、茨城県牛久市で、待ち伏せしていた黎明派数人のテロに遭って、殺害された。殺害の夜は、堀場書記長は、一日の日雇労働を終え、社労協の事務所でミーティングを終えた後、ほとんど護衛も付けずに牛久の安アパートに戻る途中であったという。

「隙だらけの毅一さんらしい最期だったなぁ」

　ようやく浩さんが口を開いた。鼻声だった。

「的確に、キリオトシにかかってきてるな。黎明は」

「これで、社労協は強くなるの？」

　私は、直行派書記長杉上雄一郎が黎明派に殺害された時の浩さんの言葉を思い出していた。浩さんはそれには答えてくれず
「黎明の敵対党派の幹部だけを的確に狙うキリオトシ作戦は見事としか言いようがないね。殺した数で言うと圧倒的に直行や、もしかすると社労協の方が多いほどだ。だけど、

的確に殺すとなったら、黎明派は大したもんだよね。索敵活動、スパイ大作戦が隅々にまで浸透しているということだろうね。君が見た新大阪の黎明派の裏アジト。警察無線の傍受だけではないと思う。ありとあらゆる他党派の幹部の動きも把握してるんじゃないかな。逆に、守る黎明の方も、絶対、自派の幹部の動向を探らせないプロテクトの方法を持ってるだろうね。自派独自の人工衛星でも打ち上げてるんじゃないのかな、黎明派は」

浩さんは冷静さを取り戻しつつあるように、にやりと笑った。

「それより、中島が転ぶ方がキツイわ。すでに君が和歌山刑務所に行く前に、上申書を提出してたらしい。上申書、すなわち、転向宣言書を出すのと引き換えに、早期保釈を願い出たという話だ。それが通れば、オヤジさんの方も一旦提出した辞職願がまだ保留状態らしいから、却下されるとか聞いてる。つまり復職だ。弟の破談は、これは感情の問題なんで、難しいかも知れんが、それは仕方がないことだ。中島の出所後の勤め先は、ほら、この前話したアイスランドの機器を発注した富山の会社の社長にさっき電話したら、快く引き受けてくれた。でもまあ、中島は富山の機械会社より、アイスランドの温泉の亭主になった方が似合ってるかもな」

「アイスランドって、温泉あるの？」

「あるに決まってるよ。あそこは島全体、国全体が火山島なんだ。米ソ冷戦の角逐をめぐる西側の前線基地という部分のほかに、エッダの神々の神話を子どもに読み聞かせながら温泉に浸かるっていう風習もあるんだよ」

「ええっ、本当なの？」

「それはうそかもわからない」

「なんなの、それ。下呂温泉じゃあるまいし」

私は笑った。

私たちは、ほんのしばらくの僥倖《ぎょうこう》を必死になって笑いで繋ごうとしていた。

浩さんは、それからまたすぐに出て行った。

四月になると、社労協による、堀場毅一書記長虐殺の復讐戦の内ゲバが起こった。黎明派幹部四人を乗せたワゴン車に社労協の車を後ろからわざと追突させ、すぐに飛び出してワゴン車のドアのキイをハンマーで叩き壊し、中から出られないようにする。さらに窓ガラスをたたき割って中に火炎瓶を何本も投げ入れる。中にいた黎明派四人は警笛を鳴らし続けながら全員焼殺されたという。

数日後、ポケベルが鳴った。「至急会いたいよ」を意味する「四九一一〇四」の表示のあとに電話番号と思しい数字が並んでいた。

高梨有子からだわ。私はとっさに気付いた。別れる時、彼女とポケベルの番号を交換したことを思い出した。

翌日、梅田の新阪急ホテルのロビーに、高梨有子はつばの大きな帽子を被って待っていた。私と目が合うと、ニコリともせず、そそくさと吸っていたタバコを灰皿にこすり付けた。

私は決められているかのように、彼女のあとについて隣の喫茶ルームに入った。

「殺されたのよ。私の彼。この前のワゴン車で四人一緒に。うかつだったわ。車を追突されるとはね」

高梨有子は、一人でまくし立てた。

「乗っていた一人、全学連元委員長の竹森孝臣というの。早稲田でね、理論家でゲバも強かったのね。身長一八〇センチはあって。赤池議長は特に可愛がってたわ」

そう言うと、また彼女はタバコに火をつけた。

「恋人だったんですか」

私は何と言ったらいいのかわからず、つまらない質問をしたと思った。

「そうね。あの人のことは特に好きだったわ。……それでね。頼まれてほしいことがあるの、いい?」

「あなたは赤池議長の愛人だったんでしょ？」

「誰から聞いたの？　関川？」

　私は黙っていた。

「まあ、そんなとこね。そんなことはどうでもいいわ。革命党に結婚という制度もなければ、愛人とかいう制度もない。まあ、恋人というのはあるかもね。同志愛を超えたものと言えば、肉親愛を除けば恋人という感情はあるでしょうね。この私がそうだから。関川も平凡な男ね。自分が結婚してて、こんな可愛い愛人がいるもんだから、イケてない連中の溜まり場の人民戦線派なんていうお粗末な世界では、すってんてんに浮いてしまっていてもね、何ら打開策も打てないんだから」

「頼まれてほしいことって何ですか？　短い時間で言っていただけなければ、私このまま帰ります」

　私はきっぱりと言ったつもりだった。

「いや、竹森孝臣の追悼集を出したいの。手伝ってほしいの。報酬はたんまり出すわよ。あなた、お金に困ってるんでしょ？」

「私に黎明派全学連の委員長の追悼集手伝えって言われるんですか」

「そうよ」

「お断りします。御用はそれだけですか？」

「そうよ。だめ？」

「帰ります。失礼します」

私は立ち上がろうとした。

「ちょっと待って。私、そんな虫のいいこと頼んでんじゃないわよ。ちゃんとあなたにもメリットがあって頼んでんの。まあいいから坐って、坐って。私の話も聞いてちょうだいよ」

「何ですか。早く済ませてください。今日は急いでいるんです」

「三好さん、元気してる？」

「だから、要件はそれだけですか。それだけならホントに帰ります」

「だからそれだけじゃないって言ってるでしょ。追悼集はうちの出版社から出すわけにはいかないのよ。それで相談なのよ」

「じゃあ、話してください。短くお願いしますよ」

「わかったわ。じゃあ、ここじゃまずいから、このホテルに部屋取るから、そこでどう？お時間は取らせないわ」

私は時計を見るふりをした。少なくとも今はできるだけ上から目線で高梨有子を下に置こうとした。

「きれいな部屋ね。あなたの管理人室に比べれば数百倍のきれいさだわね」

「何で知ってるんですか？」

私は上から目線をし続けたかったが、一瞬にして崩れ去るのを覚えた。

「知ってるも何も、扇町モータープール二四台のテナントの一台はうちが仕向けたスパイ車だもの」

私の体は震えてきた。

「およそ革命党派たる者、そんな気の利かないことでどうするの。財政的に無理だなんて言い訳にもならないわ。だって相手は国家でしょ？　国家相手に戦いを挑んでるんだったら財政的ハンディを乗り越えるよほど強い何かを持たなくっちゃ」

「私ホントに帰ります。そこをどいてください」

「あなたね、結局、私に勝てないんでしょ？　私から来ていただいたとこから始まって、私からお願い事をする……ずっと私が下手に下手に出てるのに、あなたは遂に私に勝てないんでしょ？　それで伝家の宝刀『私帰ります』の連発では、なんともはや、トホホでしょ？　恥ずかしいとは思わないの？」

「じゃあ、早く要件を言ってください。ホントにあなたと一緒にいる時間なんかないんです」

「じゃあ、ちょっと長くなるけど言うわね。竹森孝臣は、私のかけがえのない恋人よ。永遠の恋人よ。彼が先日、想像を絶する殺され方をしたのは知ってるわね。あの二流の走狗がよ。社労協などという、バカの直行派以下の二流の走狗がよ。何でわが黎明派の怜悧な頭脳を持った最高幹部の隠密行動を知り得たか、なのよ。私は確信してるの。竹森孝臣を二流の走狗、社労協という狂犬に殺させたのはね、赤池芳生議長その人なのよ。関川から、あなた聴いてると思うけど、私は赤池議長の愛人兼秘書。どんなことをするかと言うとね。笑っちゃうわよ。彼は昼となく夜となく、気が向いたら私を呼びつけるの。盲目の彼にとっては昼も夜もないわ。いつも夜だもの。そして、ガウンの下には何も着けてなくて、私に彼の一物を舐めるよう命じるわ。私が舐め続けている間、彼は次々と言葉を繰り出す。射精はしない。させてはいけない。言葉が終わるまでは。その言葉を私は一言一句暗記する。メモは物理的にできないから。ひたすら暗記する。これは不可能ではないの。彼が次に繰り出す言葉が予想できるほど、彼の一物からは、彼の思想そのものが、エトスそのものが伝わってくるのね。語り終えた頃に射精させてあげるわ。手を使ってね。そして手を洗い、すぐ筆記にかかるのね。今語り終えた彼の言葉を、タイプでタタタタと打っていく。打ち終わると彼はそれを読んでくれ、と言う。聴きながら彼は添削するの。先ほどの言葉が一字一句でも違うとすぐ、あ、そこは違う、そんなことは言っていない、あ、そこは違う、そんな字は使ってはいけない、とか。字までわかるの。それが見事に当たっているの。彼もまた言葉の天才よ。決して気まぐれで発した言葉ではないことがすぐわかる。そうして論文が一丁出来上がる。『黎明』紙、機関誌に載る。党員は熟読し、学習し、革命的共産主義者としての、つまりは赤池イストとしての己を作り上げていく……」

「そんな話……」

「ちょっと待って、最後まで聴いてよ」

高梨有子はそう言ったあと続けた。

「赤池は神よ。恋人じゃないわ。私は赤池に呼び出されて論文を一つ仕上げたあとは、必ず竹森のアジトに行くのね。そして抱かれるの。竹森は私の体の隅々まで、特にお口の中と右の手をいろんな薬品を使って実に丁寧に洗浄してくれるの。そして何度も何度も抱いてくれるの。それがあるからこそ私は生きていける。それがなければ私は生きていけない」

「あなたの夫はどうなってるんですか」

「夫？　ああ元夫ね。昔の話よね。夫から私を奪ったのは赤池よ。お蔭で夫は異例の出世を遂げたわ。もう直行も社労協も手出しができない、護衛付きの堅牢なアジトに住んで悠々と暮らしているわ。私を赤池議長に差し出したお蔭でね。その程度の男よ」

「竹森さんは、焼殺された四人のどこに坐ってたんですか？」

「なぜそんなことを聴くの？　炭化して、ほとんど誰が誰だかわからなかったみたいよ。だけど遺留品でわかったって。竹森のポケットの中からね、私のね、私の写真が、僅かに焼け残った私の写真が出てきたんですって……」

高梨有子は泣いていた。泣きながら、もう一度、

「なぜそんなことを訊くの？」

と訊いた。

「いや、警笛を鳴らしながら息絶えたって、お宅の機関紙に書いてあったから、運転席にいたのが、その、生《せい》に一番未練たっぷりの、あなたの、竹森さんかな、と思って」

「そうなんだ。そこに注目してくれてたんだ。そうなのよ。竹森が運転してて、竹森が警笛を鳴らし続けて炎に巻かれて死んでいったのよ」

そう言って、ハンカチで涙をぬぐいながら「ごめんなさい」と何度も繰り返した。

「それでね。竹森孝臣の遺稿集の件だけどね。黎明出版からは出せないのよ。あそこは赤池の私物だから、編集者も皆赤池のロボットだから。私は考えたの。何人もかつての同志を送り込んだ向学塾予備校の向学出版を使って、学習参考書の体裁で出せないか、とね。

遺稿は多岐にわたるわ。政治論文が大半だけど、詩とか小説とかエッセイとかもたくさんあるわ。虫の知らせだったのかしら、彼のアジトから私のアジトまで、死の数日前に移し替えてんのね。ほとんどが私のアジトに保管してあるわ。それを黎明派とは全く関係のない人にやってもらわなければならない。そうすると、あなたしかいないわ。私の貯金全部はたいてもいい。出版は自費出版になると思うけど、十分貯金で賄えるし、お釣りも来る。そのお釣りも相当なもんになるはずだわ。それを全部あなたにあげるって話。あなたの口座に移し替えるといいわ。関川なんかと共有名義にしちゃダメよ」

「ダメなんですか？」

「ダメに決まってるでしょうが。関川って、あなたどこまで信用してるか知らないけど、まあ、いいか」

「まあ、いいか、なんですか？」

　私は気色ばんだ。

「言っていいかな。関川って、三好幸子とも肉体関係あるの知ってる？」

「そんな馬鹿な。三好さん、て……」

「あんなブスと、よりによって、と言いたいんでしょ？」

「いえ、そんな」

「そうでしょうが。ブスでしょうが。あなた、あんなブスに自分の愛人がわざわざ行くはずないと思うでしょ？　そこが甘いんだな。一人の男しか知らない女の薄っぺらい男認識なんか、犬にでも食わしちまいな、って言いたいとこよ。あなた、たった今、私と赤池議長との異常な性愛の話を聴いたばかりでしょ。学習しなさいよ。女子高校生みたいに、処女を失ったその日に男をむさぼり求め始める近頃の女子高校生みたいに、学習速度を速めなさいよ。いい？　関川は三好を愛してなんかいない。でもセックスはする。なぜか。情報を取りたいからなのよ。ブスでお金に困っているわけでもない女にはセックスしかないわよ。セックスさえ定期的にしてあげてりゃ、どうせほかの男からの誘惑は皆無なんだから、定期的セックスの相手に忠誠を誓い続けるわ。いつ頃から関川が三好とセックスをしていたかはだいたいわかる。スパイ三好からの情報の質がね、劣化し始めた頃からなのよね。私と三好の女同士のキズナなんて実際脆《もろ》いもんよ。セックス機能を付けた男にはかなわないわ。それにスパイはね、いつも両刃《もろは》の刃《やいば》よ。つまり、いつだって二重スパイになる。天秤にかけながら、いい方に重心を置く、だけど片一方に一〇〇パーセントとはならない。そんなヘマは誰もしない」

「あの、お口でって……」

私は言いかけて途中で止めた。釜ヶ崎の越冬闘争の時の駅のシャッターの前に坐り込んでいた浮浪者が、私にまず求めたのも、ホントは「お口」だったことを思い出した。

「男は、みんな同じよ。女の口がすべてだわ。上の口を特に求めるのよ。祖国カルタゴを滅ぼされたフェニキア人の女たちが生き延びるために支配者ローマの男の一物を舐めたことは歴史が語っているわ。語源からしてそうでしょ？　赤池芳生はね、部屋に私に着せるための、赤、黒、白のドレスを用意しているの。そして今日は赤を着ろとか、黒に着替えなさい、とか命じるの。下着は着けるなと言うの。ほとんど白はなかったわ。私は命じられた色のドレスを着て跪《ひざまず》いて、彼のものを咥えるの。ドレスの色はその日の〝論文〟の内容によって微妙に違うの。彼には色が見えてるのね。ドレスの色も〝論文〟の色も。私の前任者も何人かいたらしいわ。愛人兼秘書がね。その人たちはどうなったか知らない。たぶん、下部党員に〝払い下げ〟られたんでしょうね。私は、竹森に〝払い下げ〟られなかった。まだ私に未練があったのか、後任が見つからなかったのか、どちらかはわからないけど、とにかく赤池はああいう人だから、竹森を許せなかったんでしょうね。堀場毅一書記長を殺されていきり立っている二流の走狗、狂犬の社労協に、竹森を売ったんでしょうね。……とにかく、向学塾予備校の件、また例の調子で、ポケベル連絡するわ」

第十一章　一九七八年　岩山鉄塔決戦

一九七七年十月二十八日の朝、公衆電話から乙原の妹の家に電話を入れた。妹は、待望の男の赤ちゃんが、死産だったと告げた。

「大船渡のお父さんが一番落胆してたわ。どうしても男の子ができんのやなぁって」

妹が電話の向こうで泣いていたので、私も泣いた。私は何もかもが自分の責任のような気がした。

昨日のプロ野球日本シリーズで、阪急ブレーブスが三年連続日本一を決めた試合のあと最高殊勲選手に選ばれた山田久志投手がビールを掛けられている写真が、スポーツ紙の一面を飾っていた。私は、阪急東通りの喫茶店で一人、モーニングコーヒーを飲みながら、流れてくる岩崎宏美の『思秋期』を聴いて、涙が止まらなかった。

「これから阪急、強なるで。応援したってや」

バルボン君が言った通りになったね――私は窓の外の大阪の秋の空とスポーツ紙の山田投手のびしょ濡れの笑顔を交互に眺めた。

私は二十四歳になっていた。あと半年で二十五歳になる。私より年下の歌手の、哀しみを宿した透き冴える歌声は「……はらはら涙あふれる私十八　無口だけれどあたたかい心を持ったあの人の　別れの言葉抱きしめ　やがて十九に……」と歌い、私の心を秋の蒼ざめた空の彼方へと運んでいくように思えた。

「山田はええなぁ。足立も渋いなぁ。往年の杉浦、皆川みたいや」

「確かに、アンダースローはええなぁ。村山のザトペック投法もええが、アンダースローは、なんかこう、肩ごしに詩が見えるみたいや」

「おろ？　おっちゃん、ええカッコ言うなぁ。えろう文学的やないか」

隣の初老の男どうしの会話を聞きながら、私はなぜか、飛驒川のほとりで過ごした少女時代、オリオンの光を仰ぎながら田島の徳島昭雄君の家から自転車を漕いで帰った小学生の頃を思い出していた。

岩崎宏美の歌は結びの「……お元気ですか　皆さん　いつか逢いましょう」が流れていた。

私の心の中におぞましい黒い影が流れて行った。私の心は暗転する。黒い情念が渦を巻いて、望まない死を強制された死者たちの声を運んでくるようだった。

相手党派の頭蓋骨をバールで破壊した彼らの手と指に、いまだ自らの死を拒む相手からの反動の手ごたえは残っているのだろうか。死せる者は、愛する者の写真を後生大事に携えたまま、つまり生に執着し死を拒み続けたまま、無理やり生死を分ける壁の向こう側へと追いやられていったのだろうか。


冬が来て年が明けた。浩さんは再びの鉄塔決戦に備えて、成田、三里塚に戻り、団結小屋に常駐していた。成田国際空港の開港は、いよいよ今年、七八年三月三十日と正式に閣議決定されたからである。三里塚の動員力二位の人民戦線派だけではなく、三位の社労協、その他赤ヘル、青ヘル、黒ヘルの党派たちが、続々と三里塚に結集し始め、開港決戦を控えてあちこちで機動隊とぶつかるなど、散発的な蠢動《しゅんどう》を起こしていた。一方、動員力一位の直接行動派は、対黎明派戦に注力する方針もあって、むしろ少しずつ三里塚戦線から召喚する傾向も見せた。この機に乗じ、三里塚第一党派をもくろむ人民戦線派は、全国から三里塚に大動員をかけて三里塚におけるヘゲモニーを握ろうとしていた。

そんな中で、浩さんも再び三里塚の団結小屋に常駐することが決まり、昨年暮れから、富山の工事現場からも完全に引き上げて、岩山団結小屋に〝単身赴任〟していた。

三月三十日の開港阻止決戦ではどの党派がヘゲモニーを握るか、それを決めるのは、その前哨戦である二月五日の岩山鉄塔決戦での戦いいかんであることは、三里塚闘争を戦うすべての党派の中では暗黙の了解事項だった。岩山鉄塔を守る団結小屋の守備戦線が崩壊したあとのいわば最後の砦《とりで》は、岩山鉄塔そのものだった。岩山鉄塔に誰かがよじ登り、鉄塔の倒壊を阻止するしかなかった。浩さんが真っ先に手を挙げた。続いて、浩さんが最も可愛がっている服部幸蔵が手を挙げた。誰も異論はなかった。鉄塔が倒壊すれば、滑走路建設のための強制執行が格段に早められ、三月三十日の開港に間に合ってしまう。三里塚闘争はそこで終焉する。この鉄塔倒壊を阻止するには、いわば人間の盾を作るしかない。鉄塔によじ登るしかない。よじ登ったままの状態で鉄塔が倒壊すれば、よじ登っていた者はほぼ確実に死ぬ。もし、よじ登っていた者を死なせてしまうことになれば、世論は、成田空港開港阻止の側に傾き、空港建設を推し進める権力にそっぽを向くようになる。そうすれば革命の機運を手繰り寄せることができる……どう考えても、捨て身の作戦には違いなかった。

二月五日当日、三里塚岩山鉄塔阻止決戦にはテレビ中継が入ると言うので、私は、関西での狭山差別裁判闘争の救対の任務にあたるため大阪の人民戦線社に詰めて待機しながらも、朝から仲間とテレビを観ていた。午前十時から団結小屋の周りを囲む人民戦線派の赤ヘルの軍団と機動隊との間で小競り合いが始まり、やがて一斉の放水と催涙ガスが飛び交って画面は時折真っ白になった。

「テレビカメラが来とるから、マル機も水平撃ちはしてこんやろうな」

「そやったらええけど、この前、鮫島さん撃ち殺した奴かて不起訴になっとるからな。ほれ、こういう催涙ガスで画面が見えんようになった時とかな」

「コマーシャルの間とかな」

私は胸騒ぎがした。博隆君が編集を手伝うと言った『薫風』の故鮫島薫さんは野戦病院職員としてノーヘルでピケを張っていただけにもかかわらず、ガス銃の水平撃ちで殺害されていたからだ。確かに、その下手人と目された機動隊員が不起訴になったので、権力側のテンションは否が応でも上がっているに違いなかった。

コマーシャルの間に何人かが逮捕されて装甲車に運ばれていった。正午ジャストに、機動隊に守られた公団職員が強制代執行の紙を読み上げ、スピーカーが、団結小屋の中にいる者に出てくるように呼びかけた。

「ナンセーンス」

「ナンセーンス」

テレビのこちら側でもいくつかの声が上がった。

「むなしいのう、誰も聴いとらんやないけ」自虐ともとれる笑いが漏れた。

午後一時。機動隊が一斉に団結小屋に入った。テレビカメラは機動隊を追いかける。中は見えない。ライトが急に玄関の上がり框《かまち》を照らす。

「あ、あの箒、オレが天下茶屋《てんがちゃや》の店で買うたやつや」

「民度低っ」

「あ、秋田の高橋や。柱に体くくりつけとる、あちゃー」

ヘルメットの男が数人の機動隊に体を押さえつけられ、柱に巻かれた鎖が電動カッターで切断される。男はすぐに連れ出される。カメラはその男をしばらく追い続ける。奥に坐り込んだ赤ヘルとタオルマスクの女性活動家と思しい人はさほど抵抗するでもなく、軽々と機動隊に持っていかれた。

午後二時半。大きなショベルカーが現れた。カメラは引きに入り、団結小屋の全容が現れる。ショベルカーは、ゆっくりと団結小屋に近づき、一振りすると、まるで紙の家を壊すように、いともたやすく団結小屋を粉々にした。あさま山荘の時のように巨大な鉄球を使う必要もなく、私たちがかつて住んでいた空間が、一瞬にして更地になった。部屋の誰かがキャーと叫んだ。私のような団結小屋の経験者だったろう。私はそれどころかテレビを食い入るように見つめ、ひたすら浩さんの姿を追った。浩さんは画面のどこにも存在していなかった。もう鉄塔によじ登っているのかな、私はカメラが早く鉄塔の方に向けられないかなと、それればかりを願った。

午後四時半。テレビカメラは暮れなずむ曇天の下の三里塚の大地に聳《そび》え立つ岩山鉄塔を映し出した。

「あーっと、過激派が、二名、ですか、過激派の学生と思われる赤のヘルメットの男二人が、今岩山鉄塔によじ登っていきます」

アナウンサーの絶叫がこだました。

先によじ登っていった男の姿が映し出された。浩さんだった。その下をひょろ長い服部君がぎこちなくあとに続いた。

「同志服部は芋虫みたいやね」

振り返ると、三好幸子がいた。

私が坐っていたソファの席を空けようとすると、

「あ、いいわ。ありがとう」

とテレビの方を向いたまま返事をした。

「鉄塔の二人、危険だから下りてきなさい」

スピーカーの音が二度こだました。

浩さんは、服部君から差し出されたロープを受け取り、手際よく自分の体を鉄塔に縛り付け始めた。すぐ下の服部君も同じように体を縛り付け始めた。

「あーっと、過激派の二人、自らの体をロープで縛り付けています。下りてこないという覚悟のようです。あーっと、てっぺんの男が、ピースサインを送っています」

テレビの前の仲間たちから拍手と歓声が上がった。

「関の奴、どこまでも目立ちたがりの奴やな」

田崎さんの言葉に、皆一様に笑った。

その時だった。山なりに伸びた水の放物線がたちまち斜めに伸びる直線に変わり、浩さんに直撃した。するともう一本の直線がまた斜めに伸びてきて服部君を直撃した。強烈な放水が始まったのだ。浩さんは左手でうまく顔への直撃をかわしていたが、服部君はもろに顔面に水が直撃した。

「服部、あいつ顔面直撃されてもずっとじっとしとる。即身仏にでもなる気ちゃうか」

田崎さんの二度目の言葉にまた皆ドッと笑った。

「まあ、せやけど時間の問題やで。今日あたり、関東地方にも寒波が襲うっちゅう話やから、根競べに持ち込まれてもなぁ。次の手はあるんかいな。細江ちゃん、関は、いつまであの調子かいな？」

田崎さんの振りに、私は一瞬戸惑ったが、

「関川同志はおそらく、世間の誰もが感動した！　と言い切るようになるまで、ギリギリ今のまま行くと思います」

と答えた。

「わかった。その通りに千葉に電話しとくわ。それと救急車の手配な、野戦病院はもう閉まっとるんかいな、できたら市内のちゃんとした大学病院な」

田崎さんは私より若い女の子にそう命じた。


「あさま山荘」の時と違い、テレビは定時の番組を流し始めた。NHKをつけてもそうだった。三里塚では視聴率が取れないとどの局も踏んだのだろう。だが誰も席を立たなかった。田崎さんは三本の回線の一本を独占してひっきりなしに電話をしていた。残りの二本もひっきりなしにかかってきていた。田崎さんは、

「向こうは零下七度。まだ放水は続いているらしい。二人とも下りようともしないらしい」

と沈痛な声で話した。

夜の九時のＮＨＫニュースも、冒頭から現場からの中継映像を流した。キャスターは、いったん九時で放水を打ち切る方針を伝えた。部屋に安堵の空気が流れた。田崎さんは全員を一ところに集め、

「よしいったん解散や。各自明日に備えて英気を養ってくれ」

「異議なしっ」

皆バラバラに答えた。

洗面所に行こうとしたとき、田崎さんが肩を叩いた。

「行けよ、今から。間に合うやろ。いつもの人民列車。もしくは夜行バス」

「いいんですか」

「いいとも。岩山団結小屋はもうないけど、細江ちゃん、石井元青年副行動隊長んとこと仲良かったよね。泊めてもらいなよ。俺の方から電話しとくから。朝東京駅に着いて、駅のそばの銭湯、あそこで風呂入って着替えてさ、石井さんちに向かえよ。昼頃には着けるやろう。それなら国鉄の近くやさけ人民列車の方がええかな」

「ありがとうございます」

「気ぃつけてな」

私はバッグを取りにロッカーに向かった。そこで外出の用意をしている三好さんと出く

わした。私は咄嗟に、

「黎明のアジトに行くんですか」

と訊いた。

三好さんの顔色が変わった。口元がプルプル震えるのが見えた。辛うじて口を開いた。

「あなた、関川さんのところに行くんでしょ？　いいわね。よろしくね」

と言った。

相変わらず無表情で、よほどの手練《てだ》れでないとその心は読めないだろうと思えた。

「ありがとうございます」

と私はできるだけ丁寧な口調で答えた。


翌朝八時半。私は東京駅そばの銭湯の脱衣室にいた。そこでNHKが流れていた。ニュースが始まり、冒頭、岩山鉄塔付近がヘリコプターカメラで映し出された。ナレーションは朝になって放水が再開された旨を伝えた。

——まだ下りてこないんだ。どうやって寝たんだろう——

私は、今回人民列車に慣れたせいかよく寝られたので、どの場所であろうと、寝ようと思えば寝られると思うようになっていた。登山家は氷壁にハーケンを打ちつけてビバークし、熟睡するというから、人間どこでも寝られるもんだ……以前に浩さんから聞いたことがある。私は当の浩さんが夜中じゅう鉄塔の上で寒さで寝られないなどということはないはずだと思った。

昼の十一時に石井さんのお宅に着いた。石井宅でも皆テレビにかじりついて、浩さんらに浴びせかけられる放水のシーンを食い入るように見つめていた。私は、電話を借り、野戦病院と、浩さんらが鉄塔から下りてきた場合入院する手はずになっている千葉の市中病院に連絡を取った。

「ああ、みゆきちゃん。お茶も出さんでごめんね。浩ちゃん、すごいわ。さっきからカメラに向かってピース出しっぱなしよ。余裕綽々《しゃくしゃく》だわ」

「でも、凍傷が心配だわ。あんだけ寒いところでよ。零下七度だべ。あそこで放水浴びせかけられてびしょびしょで、コチコチじゃねえか。朝になったら陽が差してくると思ったら、今日は曇りときた。コチコチの上にびしょびしょになったらどうすんのとくらぁね」

博正さんも一睡もしていないと言った。

「浩さんががんばっとるべ、オラだけ寝るわけにゃいかん。ねえ、かあちゃん」

「さあどうだか。ソファーで寝てたの、誰よ。起こしたのは、この私よ。岩山には差し入れしといたからさ、こう下からスルスルと滑車か何かでてっぺんまで運んでやりたいぐらいだよ」

「鉄塔の二人、あなた方は包囲されています。早く下りてきなさい」

スピーカーは岩山鉄塔の二人、また全国のテレビ視聴者に向けて叫んでいた。

「反対同盟の幹部連中は何考えとるんかのう。もうそろそろいいんじゃねえかな」

午後四時を回っていた。

「浩ちゃん、お腹すいただろうね」

恵子さんが心配そうな声を出した。

「俺、戸村さんに掛け合ってくるわ。もうそろそろ限界だべって」

「いや、まだです。まだ世論と体力の限界のギリギリまで行ってないです」

私は博正さんの声を遮った。浩さんの体力、気力については、この世の誰よりも私が知り尽くしている、私はそう言いたかった。

「でもよう、みゆきちゃん。凍傷が心配だべ。あれは痛みもなんもないから、本人でも気付かない。指の色が変色してたら、ほぼアウトだべ」

私は急に不安になった。

「もうこれ以上放水はダメでしょうか」

「俺はそう思う」

博正さんはきっぱりとした口調で言った。

それに……鉄塔によじ登っているのは、浩さん一人ではないんだわ。部下を道連れにしたとなっては、浩さんも私も気にしている〝世論〟が味方してくれない——私の頭は混乱した。

「あーっと、一人、下の過激派学生が下りてきました」

アナウンスの声がテレビから響いた。

「浩さんが、上から下の服部君に指示したみたいよ。さっき、上から浩さん、なんかしゃべってたみたいだから、服部君に向かって」

恵子さんが言った。

「浩さん、お前だけ下りろって、説得したんだわ、きっと」

恵子さんはテレビに見入ったまま続けた。そして私たちに向き直って、

「アンタ、それにみゆきちゃん、もういいんでないかい。戸村さんに掛け合いなよ。みゆきちゃんは、野戦病院の方に。博隆が野戦病院に詰めとるはずだから」

「いや、野戦病院じゃどもならん。下りてくれれば即逮捕だから、警察病院じゃないか？」

博正さんは言った。

「あ、過激派の一人、今下りてきて、支援者の人たちに抱きかかえられています。相当消耗しているようです。あ、今、担架が運ばれてきました。支援者が付いています。あ、黒ずんだ顔は、放水のためでしょうか。凍傷にかかっているようです。まだもう一人、上にいます。もうこれ以上の放水は命の危険を招くんじゃないでしょうか」

アナウンサーは、服部君の顔を見て〝放水〟の危険性に気付いたようだった。浩さん、もういいよ。世論は喚起されたよ――。

電話が鳴った。恵子さんが出て、

「みゆきちゃん、大阪の田崎さんから」

と言った。

「おう、細江ちゃんか。やったな。こっちでも大騒ぎや。世論はこっち向きになったって。……関が部下を思いやる。部下を説得してお前は助かれ、と言った。その関はまだ籠城しとる。部下は助かる。部下が乗った担架に支援者が集まる。まだ上司の関は籠城しとる。あ、それに、元気に手を振っとる。テレビ、見とる？　……世論は喚起された。関の思い通りや。なんて奴や、関川って奴は」

電話の田崎さんの声は最後には泣き声だった。私も泣いた。

浩さん、手を振ってるの？　私に手を振ってくれてるの？　……泣いて体を揺すぶっている私の肩に、恵子さんがそっと手をかけてくれた。

「私は三里塚芝山連合反対同盟委員長の戸村一作です。聞こえますか。私たちの勇気ある支援者、その中でも最も果敢に戦い抜いてくれた最良の支援者、鉄塔決戦の文字通り最前列、最高の管制高地に今いる、わが最良の支援者、聞こえますか。全国の皆様、聞こえますか。三里塚空港を廃港に追いやるその日まで、わが身わが人生を賭して戦い続けている支援者の一人、最良の支援者の一人が今岩山鉄塔の上に籠城しています。もういいです。君は十分に戦ってくれました。私たちは勝利しました。下りてきてください。お願いです。下りてきてください」

続いて、

「婦人行動隊長の石川キヨ子です。関さん、アンタようやったよ。もういいよ。おらたち、勝利したんだよ。大木よねばあさんも天国で見てるだよ。アンタずるいよ。大木よねばあさんに一番近いところにいるんだもの。もういいってば。アンタ死んじまうよ。死んじまったら三里塚闘争も死んじまうよ。頼むから下りてきて」

サーチライトが鉄塔のてっぺんの浩さんを照らし出した。また手を振っている。

「反対同盟のお二人の呼びかけに、過激派学生は手を振っています。さあどうするんでしょうか、あ、今ロープをほどこうとしています。いやそうじゃありません。腰からナイフを取り出しました。腰のナイフでロープを切ろうというんでしょうか。下りようと決意したんでしょうか。あ、今ロープがだらんと垂れ下がりました。ロープが切れました。あ、下りようとしています。手を振っています。あ、下りてきました。ただいま地上に下り立ちました。あ、担架はいらないと言っています。また手を振っています。ピースサインもしています。皆拍手をしています。支援の方たちでしょうか。農民の方たちでしょうか。あ、今私服刑事でしょうか。彼を抱きかかえています。彼はそれを振りほどいて一緒に歩いて行きます。大丈夫のようです。まる三十六時間、零下七度の厳寒と放水に耐え抜きました。中継からでした」

アナウンサーも時折涙声だった。

「すごいわ。浩さん、すごいわ。みゆきちゃん、おめでとう。おめでとうって、何だか知んないけど、おめでとうだね。ありがとうだしね」

恵子さんが手を握ってくれた。

「アナウンサーもよう、支援の方たちって、敬語だもんな。笑っちゃうよな」

博正さんが目を細めて言う。

電話が鳴った。恵子さんがあわてて出た。

「あ、博隆かい、んで？　……あ、そうかい、……そんじゃまた報告して」

電話を切った後、

「浩さん、服部君とともに警察病院だって。凍傷にかかっているんで、ちょっと心配で、自分も警察病院向かうって。また連絡くれるって」

言い終わらないうちにまた電話が鳴った。恵子さんは「あ、替わります」と言い、出るとまた田崎さんだった。

「警察病院にいったん入院した後逮捕される模様だな。細江ちゃんは、そのままそちらに残って、そちらの救対部と連絡取りあって、関と幸蔵の救対にあたってくれ。他にも団結小屋で逮捕者が出とる。関西からも何人か行っとるから、そいつらの救対も頼む。狭山の方はこっちで何とかするから」

第十二章　黄金の日々

「オモロイ手になってもうたのう。握力が落ちて、鉄パイプも旗竿も持たれへんようになってもうたわ」

一九七八年三月下旬、春先の西陽に、浩さんは二本の指が欠損した右手をかざし、いたずら小僧のように私に笑いかけた。

「火炎瓶もきっと勝手に変化球になってまうわ。これじゃあ、どこ飛んでいくわからんわ」

壊死した右手の人差指と中指は、逮捕後、警察病院で切断された。

世論の味方（?）もあり、岩山鉄塔の二人は起訴猶予を勝ち取ることができた。

「ばっちり写っててんね。これじゃあ今後、いくら逃亡してもすぐ指名手配されそうやわ」

私たちは、鉄塔決戦の翌日の新聞に載った浩さんたちの大写しの写真を見て、笑いあった。

「せやな。だいたい交番の指名手配の写真、若い時のええ時の写真載せてるから、年とって道端歩いとっても、誰もわからへんやんな。俺はそうはいかんな」

「しかし、浩さんもVサインはないわ。みんなからイジられるのがオチやって、予想できんかったん?」

「いやいや、この指もこの世の見納めや思てくれたらしくてな、Vサインせえって俺にせっつきよんねん」

「何言うてんの。左手でVサインしてるやないの」

「そやったな」

浩さんは笑いながら、やおら立ち上がり、

「よしっ。これからは江夏の黄金の左腕で行くぜ」

と言って、わざわざ顔を作り、マウンド上の江夏投手の格好をしたので、また私は笑い転げた。

浩さんが私の手に戻ってきて一週間が過ぎていた。浩さんは治療に専念するという名目で、退院後一か月という異例の休暇がもらえた。

あの三月三十日の開港を阻止した、三・二六管制塔突入・占拠・破壊闘争にも一切加わらず、その模様は、二人一緒にモータープールの管理人室のテレビで観ていた。

三・二六作戦は、大多数の赤ヘル部隊が一般のデモ隊列から離れ、陽動部隊として火炎瓶と鉄パイプで暴れている間、数日前から管制塔下のマンホールの中に潜んでいた別部隊が、警備が手薄になった頃合を見計らってマンホールを飛び出し一気に管制塔内に突入。機器を完全に破壊して、四日後に控えていた三月三十日の開港を阻止した、というものだった。

私も田崎さんの配慮で、浩さんの〝看護の役割〟が改めて任務として与えられ、本来なら二〇〇名ほどの逮捕者を出した三・二六開港阻止決戦の後始末をしなければならない救援活動の任務からも免除されていた。

「産児休暇みたいやな。戻ったらお役御免とか」

浩さんもよく笑った。私の好きな関西弁もポンポン飛び出した。

私たちが知り合って三年半、この時が、初めて訪れたいわば「黄金の日々」だった。

第十三章　一坪共有化運動

一九七八年三月二十六日の、成田空港管制塔突入、占拠、破壊闘争、いわゆる三・二六成田闘争をやってのけた人民戦線派は、同時に逮捕者を二〇〇名ほど出し、その長期拘留と長期裁判を支えるため、過大な財政負担を強いられることになった。組織を指導する立場にある幹部も次々と逮捕され、事後に制定された航空危険罪なども適用されて長期実刑判決を食らっていた。残された若い労働者・学生や女性たちでは組織立て直しもままならず、人民戦線派はまさしく組織存亡の危機を迎えつつあった。

二・五岩山鉄塔決戦で浩さんと一緒に鉄塔によじ登った服部幸蔵は、一旦起訴猶予を勝ち取って保釈されたにもかかわらず、三・二六では陽動部隊として第八ゲート付近で逮捕され、今度は起訴されて拘留生活に入ったし、マンホールから飛び出して管制塔突入・占拠・破壊を行う実行部隊として逮捕された八代隆司は、逮捕後、その作戦のプランナーであったことが判明し、再逮捕され、航空危険罪の適用第一号という名誉を付されて長期下獄を余儀なくされた。

関川浩一郎は、一坪共有化運動、有機農業促進運動の方に傾き始めていた。また何とか組織の財政を立て直そうと、資産家のシンパを獲得することにも腐心した。そのあたりは古参の田崎弘雄関西支部長が、陰に陽に後押ししてくれた。ただ関川は、資産家で医者の親という育ちと、女性関係が派手であること、また二・五岩山鉄塔決戦でのパフォーマンスなどに象徴される目立ちたがり気質を嫌い、疎ましく思う者も結構いた。一方、下の者からは関さんとか浩さんとか呼ばれ、慕われ、親しまれていた。何よりも脱落していくいわゆる弱者に対して、彼は優しかった。

「一坪共有化とか、有機農業促進とか、なんか空気の入らない後ろ向きのスローガンを掲げながらも、三里塚農民が農民として食べていけることを目指さなくてはならない。支援する側も、貧しくては、弱くては、農家に寄生して食べさせてもらうだけでは、何の支援だかわからなくなる。農民も支援も、みんなが潤わなければ三里塚闘争は潰《つぶ》れる。また、権力や黎明派の妨害、攻撃に耐える軍事力を持たなければ三里塚闘争は潰れる。さらに、三里塚闘争が〝感動〟を与える闘いでなければ世論は喚起されない。世論から孤立した大衆運動、革命運動はあり得ない。この三つだ。三里塚闘争に必要なものは、財政、軍事、感動だ」

七八年の二つの闘争を経て、関川はこれを唱道していくようになった。

人民戦線派の党勢は、二・五と三・二六で、幹部級が次々と下獄したことで確かに失速は免れなかった。この二つの闘いは、感動を呼び起こしたには違いなかっただろうが、だからといって若い党員が増えたわけではなかったからだ。理由はハッキリ言ってよくわからない。誰もがそういう時に決まって口にする〝もうそんな時代ではなくなった〟ということだったのかもしれない。

浩さんがわけてもショックだったのは、服部幸蔵が、浩さんにも他の仲間にも内緒で、離脱していったことだった。

彼の伯父にあたる警視総監・服部泰蔵は、三・二六までは「過激派は射殺してもかまわない」などと発言していたのに、甥の服部幸蔵が逮捕され、起訴された三・二六のあと、急にトーンが変わって「過激派学生にも一理ある」と言い出した。おそらく服部泰蔵は、過激派学生の中にまさか自分の身内がいようとは、その時まで夢にも思わなかったであろう。

千葉刑務所では、逮捕され、被告人の接見禁止期間が終わると一般面会が許されるようになるが、面会者は一日一人と決まっている。服部の母親は、千葉刑務所近くに連日泊まり込み、朝九時からの面会開始時刻のずいぶん前、早朝五時頃から並ぶのだ。会うと母親の〝情〟と家柄の〝事情〟を切々と訴え、組織からの離脱を強く促し続けたらしい。いくら人民戦線派の救対部員が面会をしようと思っても、早朝五時から並ばれたのではかなわない。二週間ほどして、地元の救対部員が、前日徹夜して真夜中の午前零時にテントを張って面会に漕ぎつけようとしたが、服部幸蔵本人から拒否されたという。その頃には、母親からの〝洗脳〟は完了していたのだ。

服部を失った後の浩さんの落ち込みようは、半端ないものだった。まるでうつ病患者のように、アジトの管理人室でも何時間もボーッとしていることが多かった。人民戦線社の方でも時折そういう状態が目立つという話を聞いた。浩さん、相当参っているな、と思っても私はどんな言葉をかけていいのかわからなかった。その頃から、浩さんから体を求められることがほとんどなくなった。

八〇年になり、長期刑の八代隆司が京都刑務所に移送されることになった。関西救対部の管轄になったのを機に、私は久しぶりに八代君に会うことになった。

八代隆司はすこぶる元気だった。

「最近、ウォークマンというやつが出たんだってね。この前接見に来た人が見せてくれた。さすがに差し入れはダメだったが、あれはすごいな。革命的だな。何がすごいかって、まずステレオだと隣の部屋とか周りの人に気を遣わなくっちゃならんから、みんなが好きな曲を選ばなくちゃいけないじゃないか。ところがウォークマンは自分が気にいりゃいいんだから。何が言いたいかというと、少数意見がまかり通るんだね。主張しなくても、人をオルグしなくても、俺は俺、アンタはアンタの好きな曲を勝手に聴いてりゃいい、俺は俺、アンタはあんたの好きな考え方を勝手に持ってりゃいい、自分勝手が通用する、まかり通る、言葉足らずでもいい、そんな時代が来ちゃったんだね。あれはすごいわ」

「八代君、元気だね。今うちはみんな元気ないから、その元気、わけてほしいよ」

「いや、服部のこと？　ありゃ仕方がないよ。俺かて、ここを出たら、もう運動やんないよ」

「転向するの？」

「いや、転向するっつうかさ、この前、吉本隆明の『転向論』読んだけど、圧巻だったね。いや当たり前のことが書いてあるんだけど、伝統とか世の中の趨勢《すうせい》とか無縁のところで、解放を叫ぶ革命運動をしたかて、それは独善的なもんだと、大衆運動にはなってないという話なんだよね。小林秀雄が戦争責任を問われて『自分は大衆とともにあった。大衆より利口だと思っていた自称知識人はたんと責任を痛感するがいいさ』と突き放しているのとおんなじなんだよ」

「本たくさん読んでんね。それにさあ、八代君、東京言葉になってない？」

「大きなお世話だよ。いや、大きなお世話や言うとんねん。そう、本だけはよう読んどんなあ。それに、俺、今司法試験の勉強もしてんねん。参考書とか問題集、ようさん差し入れてもうてな」

「誰が差し入れてくれんの」

「元検事や。元検事、今弁護士や」

「誰、それ」

「俺を調べた千葉地検の検事な、成田事件を最後に検事辞めよったんや。理由は何だと思う？　俺らにオルグされて、権力の手先であることを辞め、反体制を弁護する弁護士になりましたってか、プップー、それは違う。そんなのあり得ない。答は、実は千葉から茨城の土浦に異動命令が下り、可愛い一人娘を置いて単身赴任しなくちゃならないのが、嫌やっちゅう、ただそれだけの理由、けどめちゃめちゃ大きな理由で、ヤメ検弁護士となった、というわけ。ただしな、それだけやないね。弁護士やりながら、司法試験塾を開くんだってさ。それで、俺が出所したら、お前だけはタダで面倒見たるから、司法試験受かって弁護士になれって、そう言うてくれたんや」

「気に入られたんやね」

「そう、気に入られたんや。俺は最初完黙してたけど、あほらしなってな。ついつい雑談に応じたのがきっかけで、そっから堰を切る如く、やった。だいたい完黙できん奴言うたら、物書き、新聞記者、教師、弁護士、ジャーナリストやて。これ全部左翼ばっかりやないけって。ええように言えば、みんな自己主張したがりの、ひとり喋りしたがりの、俺みたいな奴やって。だからお前も、そういう仕事に就けって」

「どんな論法なの？　……でも、ええ検事に出会ったもんやね」

「そう言ってくれるの、みゆきちゃんだけやわ。第一、ほかの人民戦線派のゴリゴリには言われへん。裏切ったんやろ、とか権力に尻尾振りやがってと言われるのがオチや。それだけじゃ済まんかもしれん」

「関川なら何て言うと思う？」

「さあな。難しい質問や。近くにおっても、みゆきちゃんでもわかれへんやろ。……あ、そうそう、この前、アイスランドに行った中島から手紙が来てな。向こうで青い目と白い肌のねえちゃん見つけて結婚したと。関川さんには感謝しとる、と書いとったわ」

その年あたりから、一坪共有化運動は徐々に広がっていき、八二年暮れからは反対同盟実行委員会でも取り上げられるようになり、やがて一坪共有化宣言が反対同盟実行委員会の名前で発せられると、直接行動派を中心とした反対派は、八三年二月十四日、「断固阻止」の逆声明を発表した。そして、同年三月八日、遂に、反対同盟そのものが分裂した。

その頃と相前後して、直接行動派が人民戦線派のメンバーを襲撃するという事件が起こり始めた。これまでも、全体集会の場とか、労働争議の場とかでは偶発的な小競り合いは付きものだったし、殴り合いになることもしばしば見られた。けれどもそれは、黎明派に対するものとは根本的に違い、あくまで偶発的で、かつ牧歌的なものだった。

ところが、この分裂以降、人民戦線派は直接行動派にとって、黎明派と並ぶ「敵」となった。ゲバルトに長けた彼らは、黎明派を襲う時と同じ、周到な計画の下で人民戦線派幹部の動態を把握し、一人になる時を見計らって、的確に襲ってきたのだった。これまでは、いわば「対岸の火事」に対して、能天気に「内ゲバ反対」を叫んでいればよかった人民戦線派にとっては、ひとたまりもなかった。

八二年夏から秋にかけて、人民戦線派に対する直接行動派による大規模な内ゲバが、東京、大阪、広島など各地で、ほとんど無防備状態の幹部級のメンバーを狙って行われた。彼らは、鉄パイプ、ハンマーを持った数人の男たちに襲われ、誰もが両手両足複雑骨折、全身打撲の重傷を負い、うち一人は脳挫傷で一時危篤に陥った。それが関西最古参の一人、田崎弘雄だった。組織の任務上、「一坪共有化」運動を推し進めている総責任者の一人として、以前から機関紙『直接行動』紙上で名指しで糾弾されていたのである。一命は取りとめたが、両足切断を余儀なくされ、今後の活動に大いに支障をきたすことになった。

私は胸騒ぎがした。機関紙『直接行動』では、田崎さんと並んで、せん滅すべき対象として、関川浩一郎の名が何度も出てきていたからである。

うだるような蒸し暑い夏の終わり、私は久しぶりに妹に電話をした。電話に出たのは、ちさとではなく夫の誠司さんだった。

「ねえさん、生まれたんよ。今度は元気な子やわ。女やけどな。最初の子はあんな風やったんで心配しとったけんど、無事元気に生まれてくれちょって。まんだ、ちさとも娘も病院に入院しとるわさ。お祖母ちゃんがのう、後押ししてくれちょったって」

私は絶句した。

「祖母は亡くなったんですか？」

「ああ、報せちょらんかったんかいね。そりゃそりゃ。どうも、ですがのう」

「あ、いえ、いつですか」

「もうひと月になるんかな。まんだ四十九日、済《す》まいとらんで」

お祖母ちゃんが死んだ——あんなにも大好きだった祖母の死に目にも会えなかった。私は公衆電話ボックスにしばらく立ち尽くしていた。そのまま誰もいないモータープールのアジトに一人戻り、電気を全部消して、一晩中泣き続けた。四十九日の法要も私は行けない、お祖母ちゃん、ごめんね、お祖母ちゃん、ごめんね——私は布団の中で何度も声に出して祖母に詫び続けた。

浩さんとは、この二か月間というもの、一度も会っていなかった。できるならば浩さんの胸の中で思い切り泣きたかった。

私は二十九歳になっていた。私にはこの九という数字が強く、重苦しく感じられた。

十九歳の時は岐阜の片田舎でお祖母ちゃんと過ごす宅浪だった。遠い世界で次から次と起きる激しく重苦しい出来事を見上げるように眺めながら、自分はどこに漂流していくのだろうという得も言われぬ不安と恐怖が押し寄せてきていた。九の位が大学入学とともに〇に変換されるとき、世界はどんなかたちで押し寄せてくるのだろう。私の居場所はあるのだろうか——案の定だった。あの時、私が二十歳になったあの時、私は世界から拒絶され、取り残された。でもまだお祖母ちゃんと一緒だった。そして今二十九歳。もう愛する祖母もいない。九という数字にまつわる記憶の切れ端が知らず知らず押し寄せる執拗な既視感《デジャヴュ》にさいなまれながら、私は、さらに大きな茫洋とした不安のただなかにいた。

不安は的中した。三里塚東峰団結小屋に新しく入った女性党員が、複数の男性党員から性的暴行を受けたと事務局と警察に訴え出るという事件が発生したのだ。それだけならまだしも、その事件をいち早く黎明派が嗅ぎつけ、その〝全容〟を機関紙『黎明』にでかでかと載せたばかりか、「三・二六などという〝官許の武闘〟を勝ち誇ったように喚き散らす走狗・人民戦線派がおぞましい強姦事件を引き起こした。わが黎明派はかかる酸鼻《さんび》極まる権力の走狗を弾劾し、被害女性の人権を断固として守り、傷ついたその心を癒すべく、唯一の前衛党派としての矜持《きょうじ》に賭けて心ある人々に訴える」などと長々しいタイトルを引っ提げて、記者会見まで開こうとしていたのだった。

狙いは明らかだった。他党派解体を党是とし唯一の前衛党を目指す革命的共産主義者同盟黎明派は、三里塚ではそれまでの最大党派直接行動派を三・二六闘争で一気に逆転させ、それに続く一坪共有化運動と有機農業推進運動でヘゲモニーを握りつつある人民戦線派を骨抜きにしようともくろんだのだ。そんなことはわかっていた。また誰が仕掛けたのかも私にはわかっていた。

私はまず、何としてもそのことと、そうしてもう一つ〝私的な願い事〟を伝えたいと思い、夜になって大阪人民戦線社に向かった。私的な理由でこちらから浩さんにポケベルを鳴らすのは、石井博隆君が訪ねてきたとき以来だった。権力はもとより、組織の周囲の目を考え、浩さんには私用でポケベル連絡をしないと心に決めていた。だから今回、社にいた者たちは皆、一様に〝異様な〟私の行動を注視していた。ほどなく電話がかかってきた。

「わかってる。今東京だ。少なくとも記者会見だけは阻止しようと動いている。そっちも、三好の動きを警戒しておいてくれ」

「浩さん、ちょっと待って。次、いつ帰ってこれるの？　できたら今から言う日に絶対帰ってきてほしいの……」

「悪いが、あと半年は帰れない。そこ、社だろ。あまり話せないが、必ず帰るから、ポケベルに、今から言う日に絶対帰ってきて、と言おうとした日を入れといてくれ」

それだけ言うと電話は切れた。十分だった。私は、言いたいことの半分は伝わったと思った。誰もが私に目も合わさなかった。声すら掛けなかった。私も、誰が何を言おうともう気にしないぞと腹が据わっていた。浩さんから、あと半年と言われた時、私はとっさに、三十歳になるまで会えないのか、と思った。でも三十歳になった中年の私を抱きたいと思ってくれるのか、楽観的な私はそうも考えた。そう考えた途端、急に何かが吹っ切れた気がした。

八三・五・二七―六・三、六・二六―七・三、七・二四―三一、八・二三―三〇、九・二三―三〇、一〇・二三―三〇、十一・二一―二八、

と私は半年後からの「妊娠しやすい日程」を書き送った。浩さんからはすぐに返事が来た。

一一四一〇六　一九四　(愛してる　行くよ) だった。

第十四章　関川浩一郎の死

東峰団結小屋で暴行を受けたと訴えた女性が、突然訴訟を取り下げた。黎明派の記者会見も結局行われなかった。黎明派はそれらをひっくるめて「権力による妨害」と主張した。人民戦線派の内部では、離脱した服部が、伯父の服部泰蔵警視総監を使ってもみ消したのではないかと噂した。私は服部君へのアプローチも含め、関川が工作したのだと確信していた。

私はポケベルに書き送った「妊娠しやすい日程」を手帳にも書きつけ、そのスケジュール通りに生理が訪れることを願い、ずれるようであれば、また修正スケジュールを浩さんのポケベルに送る気でいた。わりとスケジュール通りに生理は来た。だが肝心の浩さんは半年経っても一向に訪れなかった。

田崎さんは復帰したが、車いすが必要な重度の障害者となり、言葉もろれつが回らず、代行を必要とした。それがなかなか決まらなかったが、ようやく名古屋支部から元自治労労働者すなわち市役所勤務で今は専従の澤田卓也という人が関西支部長に赴任してきた。澤田さんは真面目な人だったが、統率力は皆無だった。一度デモの後ろにくっついていて、何かのはずみで逮捕され、市役所を懲戒解雇され、仕方なしに専従になったという人だった。よりによってエロ本を見る〝勇気〟もなさそうな、そんな人を組織は送り込んできたのだった。東峰団結小屋の強姦事件のあと、人民戦線派はおよそ革命党派らしからぬ、全く誰も幸せにしない卑小な「守りの組織」に成り下がってしまっていた。組織は外から手を下されずとも、自らの手で死に水を取りつつあったのだ。黎明派の、あの高梨有子の高笑いが聞こえてきそうだった。

残暑が続く八月の下旬だった。その夜も寝苦しい夜だった。それでも明日早朝からの情宣活動に備え、何とか眠りにつこうとしていた時だった。階下でけたたましいクラクションの音がした。クラクションは何度も鳴り、男の怒声が続いた。どうやら駐車場の中、しかも管理人室の真下らしかった。

私はいざという時に備えてパジャマなどは着て寝ない。ショーツの上からジーパンを穿けるように、またブーツ状の安全靴をいつでも履けるように、パジャマ姿よりももっと身軽な格好で寝る。

数秒のうちにジーパンを穿き、ジージャンを着、靴を履いて階段を下りた。

男が立っていた。そのこちら側でクラクションと怒声を浴びせかけている、車高の低い車から顔を出した若い男の後頭部が、外から届く弱々しいネオンの光にまだらに映っていた。

「てめぇ、なんか文句あんのか、おらぁ」

また男は巻き舌で叫んだ。

「浩さん」

私はヘッドライトの前に飛び出し、手をだらんと下げて立ち尽くしている男に向かって叫んだ。

「浩さんやね」

私は浩さんの右手の指を見た。確かに浩さんや。ちゃんと欠損してる、やっぱり浩さんや――私は死ぬほど嬉しかった。浩さんの顔は、ヘッドライトに青白く浮かび上がっていて、駆け寄った私の影のせいで一瞬完全な闇と化した。裸足で、今までどこにいたのか、全身ずぶぬれになって、呆けたようにそこにたたずんでいる。どこかでリンチを受け、脱出してここまでたどり着いたのか――私の脳裏にいろいろな場面が浮かんだ。どうでもいい、とにかく浩さんは無事でここにたどり着いたのだ。私のところへ――。

私は男に向かって、深々と何度も頭を下げた。そして浩さんを抱きかかえ脇へと運んだ。ドブの水の匂いが鼻を衝いた。車の男は思い切りエンジンをふかし、私たちにすれすれのところをカーブして横付けし、急ブレーキを踏んだ。

「ねえちゃん、こいつの身内け。こいつキチガイやで。ちゃんと繋いどけや」

そう言うとまた思い切りエンジンをふかして出て行った。私はもう一度軽く会釈した。

私は階段のところに浩さんを坐らせ、うきうきした気分で重い鉄扉を閉めに行った。階段を一歩一歩上らせて、

「浩さん、帰ってきてくれたんやね。ありがとう」

と声を掛けた。

浩さんは何も聞こえていないようだった。

シャワー室で服を脱がせると下着の中までも泥だらけだった。私も全裸になり、浩さんを椅子に坐らせ、シャンプーを頭から体中に付けて体ごとこすりつけ全身を洗い始めた。シャワーを上に固定しぬるま湯を出しっぱなしにして、二人で一つの体になった。タオルを脇に置き、浩さんのお口に私の乳房がかぶさるように肩を抱きしめた。すると浩さんの舌が私の乳頭を舐め始めた。くすぐったい快感が脇の下に走った。右手を下ろすと浩さん

の一物は硬く上を向いていた。私はシャワーを止め体を沈めてそれを口に含んだ。血液が太い肉棒に流れ込むのを感じた。浩さんが生き返ってきた——私は舌を使い肉棒の先端に舌先をあてた。そこから舌を下に滑らせ口全体を強くすぼめながら上下に動かした。口に余るほどの大きさになった。私は体を起こし、脚を大きく開いて彼の最大になった物を私の濡れた穴に差し入れた。私の脳天を稲妻のような快感が突き上げた。膝に手を当て上下するたびに最大の物は脳天を何度も突き上げ、私は何度も果てた。間もなく彼も果てた。その後、体を拭き、ベッドに戻り、彼の物をまたお口に含むとたちまち最大になってきた。今度も私が上になり膝を立てて同じように上下させた。営みは朝まで続いた。四回目からは意識を回復したと見えて自分から私に覆いかぶさり、彼は私の上で何度も果てた。

気付いたらポケベルが鳴っていた。朝の光が差し込んでいた。時計を見た。横で浩さんが寝ている。私は安堵した。情宣に遅刻することは目に見えている。でも今日はどんな呼び出しにも応じないでいよう。その結果どんなお咎めも受けよう。それより浩さんが起きてきたら、もう一回交わろう。今日がラストチャンスかもしれない。私は浩さんの股に顔を沈めてもう一度咥えた。

目覚めると、昼の十二時を回っていた。私は、寝ている浩さんを起さないように、そうっと起き上がり、Tシャツを引っかけて公衆電話に向かった。

ポケベルの相手、澤田卓也支部長に、

「貧血で臥せってました。申し訳ありません。回復したら伺います」

と言いかけると、

「そうじゃないだろう。関川帰ってんのか」

といつになく冷たく低い声をよこした。

私はしばらく間をおいて、

「いえ、帰ってません」

と答えた。

「じゃあ、昨夜、君のアジトに来た男は誰なんだ、細江」

私はあの人畜無害そうな澤田の顔が目に浮かんで無性に腹が立った。黙って電話を切った。

管理人室に戻ると、浩さんはすでに起きていてコーヒーを飲んでいた。私を見て、

「君はどう？」

と訊いた。

「いただくわ」

と私。

浩さんが妙に手慣れた手つきでコーヒーを淹《い》れた。

突然、私はこんな会話の風景、いつか見たことがある、という既視感に襲われた。よく考えてみるとそんな映画のような会話は私たちの間ではあり得なかった。じゃあ、いつの誰との会話だろう。さらにまたそう思う感覚も初めてではない気がした。

再びの既視感――これらの正体を突き止めたいという思考が一つの塊になってぐるぐる回り始め、それ以外の思考を妨げた。これをさらに三回目の既視感が起こって妨げる、際限のない既視感が起こり続ける……さすがにそんなことにはならないようだった。ホッとすると同時にドッと疲れが出た。

「昨日までどこにいたの。社の澤田が、関川がそっちにいるだろう、なんて言ってたわ」

私は浩さんの淹れてくれたコーヒーをすすりながら言った。

「全部は思い出せない部分もある。いちばん最近は、大阪の社の近くで査問を受けていた」

「何で、浩さんが査問を受けなきゃならないの？」

「いろいろあるがな。一つは君のこともある」

「どういうこと？」

「向学塾予備校が出した古文の参考書に、執筆者の一人として君の名前が出てるんだよ。

それはいいんだが、その参考書は、実は、堀場毅一虐殺の復讐戦で社労協に四人いっぺんに焼殺されたうちの一人、元黎明派全学連委員長の竹森孝臣の追悼集になってることが丸わかりのものなんだ。それで、君が黎明派のスパイだとかいう話にもなっている」

「それで澤田らから査問というか、リンチを受けたの？」

「澤田はいなかった。しかも査問は査問やが、リンチではない。ただ俺が暴れただけや」

「嫌疑は晴れたの？」

「晴れるわけないさ。ずーっと疑われてるし、中島や服部を足抜けさせた張本人みたいに思われてるし、団結小屋強姦事件かて、俺が絡んでる、というように思われてる。元をただせば、俺が田中角栄を左翼のヒーローだと持ち上げて大評価した論文を書いたあたりからかな。直行派の武闘路線を走り続けた杉上雄一郎書記長全集を全巻そろえて愛読したかと思えば、社労協の堀場毅一書記長と仲良く酒を酌み交わすわ、黎明派の小賢しい路線をしなやかな共産主義として持ち上げたりするわで、多重スパイと思われても仕方がない」

「女性関係も派手だしね」

「モテるから仕方がないやろう」

私たちはここで久しぶりに高笑いした。あーよかった。ホントに浩さん、戻って来てくれたんだ。私は、少しずつ現実感覚が戻りつつあるのを感じた。

その夜、一緒に近くの食堂でご飯を食べた後、浩さんは、まだ三里塚現地でしなければならないことが残っている、と言い残して、夜行バスで戻っていった。

三日後、朝起きて、階段の下に大きな段ボールが二個、置いてあるのを見つけた。ここに郵便物が届くはずはない。夜のうちに誰かが来て置いていったんだろうか。

朝陽が段ボールまで差し込んできていた。階段を下りていくうち「細江みゆき様」と女文字で書いてあるのがわかってきた。段ボールの一方は異様に重く、本類がぎっしり詰まっていると思われた。やっとの思いで二個とも部屋に運び込み、中を開けた。どうやら浩さんの持ち物だった。年代が振ってある草稿ノートがあり、中の字体は浩さん独特のふらついたような草書体文字がぎっしり詰まっていた。杉上全集に付箋が貼り付けられ、赤線が引かれ、そこに高校時代の浩さんの感想が細かな文字で書き込まれていた。「異議なし!」の文字があちこちに目立った。高校生の頃の浩さんの思想遍歴が垣間見れた。もう一方の軽い方の段ボールを開けた時、私は震えた。男物の着古したシャツやパンツに変色した泥や血があちこちに飛び散るように付いていた。三日前の深夜に浩さんが着ていた下着と同じトランクスとTシャツだった。だが震えたのはそれを見たからではない。送り主が誰であるかが閃《ひらめ》いたからだった。高梨有子ではない。三好幸子でもない――。

そうだ、その人ならこの場所、私の名を知っている。公安警察も知らないこの場所を、その人はつぶさに知っている。そして私たちを、いや私を、監視していた。

私の脳裏に、顔のない妖怪の姿が浮かんだ――浩さんの奥さん！――私は奥さんの顔を知らない。名前は聞いたかもしれないが、もう忘れた。でも奥さんは私を熟知している。私の顔も、名前も、行動も、私たちの生活も――。

おそらく浩さんは、その生活のどれだけかをいまだ奥さんと共有していたのだろう。私との生活の何分の一か、いや、何倍かもしれない。奥さんは、浩さんが家を出たある時、彼を尾行したに違いない。そしていともたやすくこの場所を、住民登録のいらない「扇町モータープール」の管理人室を、見つけたに違いない。そして、私を見つけたに違いない。それ以来、私たち、いや私を監視し続けた――。

私は奥さんの射すくめるような目つきにも気付かないで、その眼付の下で、この十年近く、二十歳代の大半を生きていたのだ。奥さんは私を呪い続けていたに違いない。私は奥さんから「死ねばいい」という呪いを浴び続けていたに違いない。

「そう、そんなに関川が大切なの。じゃああげるわ。くれてやるわよ。関川の持ち物、本、ノート、歴史、全部あなたにくれてやるわよ」

十年の沈黙と無表情を解いて、顔のない妖怪が私に向かって笑っている――。

完全に別れることを決意した関川を丸ごと私の元に届けた、という印がこの二個のダンボールなのだ。スクラップ同然の関川を、生活臭が付着したものと一緒に「あなたが全部始末するのよ」というメッセージを付けてここに届けたのだ——。

私はその場に坐り込んだ。

監視され続けた十年。二十歳代の大半。様々な数字が、私の頭の中にけたたましい妖怪の笑い声を立てて走り回った。

私はお腹を押さえた。

ここに、ここに、奥さんの監視できない命が芽生えてさえいてくれたら……。

——だったら、私は耐えられる。この十年間が無駄ではなかった証が立てられる。

「お祖母ちゃん」

私は小さく叫んだ。

「お祖母ちゃん、頼むね」

祖母は私を籠の中に入れて背負い、私を岩野の畑まで運んで籠ごと私を下に置く。鍬を振い、夏のかんかん照りの下で真新しい剞《さくり》を次々に築いていく。剞はすぐに乾き、サラサラの、命のない砂のような土くれに変わる。私は籠の中からじっとそれを見つめている。

「お祖母ちゃん。亀田定二の仇はきっと討つからね」

「お前はそんなこと考えんでもええ」

「お祖母ちゃん」

「何や」

「お祖母ちゃん。子ども、頼むわ。お祖母ちゃんのひ孫や。生ませてね」


十月二十四日、夕刻。ポケベルが鳴った。私は、拘留されている若い仲間の慰問のため奈良の少年刑務所付近にいた。

「ここ一週間、関川同志と連絡が取れない。同志細江、知らないか」

澤田からだった。

「知りません」

そう答えたあと、平静を装いながら、

「奥さんには連絡入れたんですか」

と訊いた。

「なんだそりゃ。……したよ、一応。あちこちしたよ」

怪訝《けげん》そうな澤田の顔が浮かんだ。

「あと可能性は？」

私は努めて平静を装おうとした。

「直行に拉致られた可能性もあるし、テロの可能性も。でもだったら犯行声明出すよな」

電話を切り、駅まで歩き、近鉄奈良線に来た電車に飛び乗った。「あやめ池」という名に惹かれてふと途中下車した。駅のすぐ近くに小さな花屋があった。店先の薄紫のコスモスが人の顔に見えた。寂しげに私を見ているようだった。私は三本ほど新聞紙に包んでもらった。鶴橋に着き、国鉄環状線に乗り換えた。三本のコスモスのうち一本だけさっきからずっと横を向いている。

「誰なの、あなたは」

小さく声を掛けた。横を向いたままだった。

大阪駅に着くころ、もう一度、今度は、

「浩さん」

と呼びかけてみた。何故だか急に涙が溢れてきた。駅を降り、地下街に入り、泉の広場に向かう。さわさわと噴水の音が聞こえてきた。

「浩さん、もういいでしょ。早く来て。早く私の所へ来て」

扇町モータープールに近づくにつれ、心臓の鼓動の音が聞こえてくるような感覚に襲われた。酔っ払いが途絶えた阪急東通にやや冷たい秋風が頬をなぶっていくのに、背中を幾筋もの汗が流れ落ちた。立ち止まり眼を閉じると軽い痛みが顔面の上半分に広がるので、そのまましばらく立ち止まり、眼を閉じたまま涙腺から涙が出始めるのを待ち続けた。ようやく目に涙を溜め、痛みが消えるのを待って、モータープールの前に立つと、そこにはいつもと何かが違う、一種名状し難い雰囲気が漂っているのを感じた。よく見れば、入り口の重たい鉄の扉が少しだけ開いている、という別に何の変哲もないものだったが、そこから覗く内部の闇からは、かつて田島の徳島昭雄君の家で漫画雑誌を照らし出してもらうために求めた、生簀《いけす》に映る月明かりのような、冷え冷えとした薄ら明かりが漏れ出してきていた。

「浩さん？」

私はそう呼びかけ、もう一度、

「浩さん、帰ってきたんでしょ」

と私は闇に向かって呼びかけた。闇は何も答えなかった。私は電気をつけた。蛍光灯の白い光が二、三回点滅して、そのたびに冷たく闇を拭った。一回一回の点滅が異様に長い時間に感じられた。

二本の足が見えた。かすかにぶらぶら動いていた。蛍光灯は下半身しか照らさなかった。蛍光灯の傘の上の暗がりに彼の上半身はあった。天井が剝き出しになった鉄骨の梁にロープがかかり、浩さんはそこに首からぶら下がっていた。

その後警察官が来るまで何をどうしたか、私は全く記憶にない。蘇生を試みた覚えはない。ただ一一〇番したことだけは覚えている。私も事情聴取は受けた。結局、自殺の第一発見者というだけで何の咎もなくその日のうちに帰宅が許された。ここから先もよく憶えがない。妹に電話をしたことは覚えている。電話の向こうで子どもの泣き声がし、妹の「元気出して、お姉ちゃん」という声だけが耳に残っていた。


葬儀は親族の意向で、身内のみで営まれ、組織の誰一人参会を許されなかった。私はどうしてもこの目で浩さんを見送りたくて、西宮のお宅に電話をした。意外なことに浩さんのお母様からあっさりと参会が許された。浩さんの遺書がお母様に届き、そこに私のことが事細かに書かれてあったと聞いた。その遺書を見たかったが、言い出すすべが見つからなかった。

葬儀場には明らかに私服警官と思しい数人がやってきて、参会者の写真をバシバシ撮っていた。私服警官から写真を撮られるのは平気だった。私は妹から祖母の葬儀に着た喪服を速達便で送ってもらっていた。線香をあげ、お棺の中の浩さんの死に化粧の顔にそっと手をあて「浩さん」と呼びかけた。その時初めて涙が溢れ出た。

ハンカチを手渡してくれたのは、博隆君だった。三里塚の石井博正さんの代理で参列した息子博隆君は、お母さんの恵子さんからの私宛の手紙を預かってきてくれていた。

「みゆきちゃん。私のみゆきちゃん。三里塚にいつでも帰ってきてね。浩さんも一緒にだよ。私のみゆきちゃん！　うちの旦那も、じいちゃんも、博隆も、克尚も、凱人もみんな待ってるよ。私のみゆきちゃんへ。　石井恵子より」

私は浩さんの顔の前に手紙を広げ、誰はばかることなく泣きじゃくった。

そして、ついに――私は、私の中に待ち焦がれていた体の変調を感じ取っていた。

「お祖母ちゃん、ありがとう。お祖母ちゃん、ありがとう」

私は心の中で何度も何度も叫び続けた。

第十五章　岩蔭《いわかげ》遺跡

「ママ、ママってば、そろそろ着くわよ。飛騨金山だよ」

私はほんの数分眠っていたようだった。それにしては長い夢を見ていたようだ。

「明日の法事、八代さんも来てくれるって。だって、パパの一番弟子だった人でしょ？」

一瞬何のことかわからなかった。まだ夢の続きを見ているようなふわふわした気分だった。窓の外を山あいの田島の家々が走り過ぎた。昭雄君の家は、と思う間もなく列車はトンネルに入った。

「あなたが呼んだの？　え、八代さんて、八代隆司君のこと？」

「もちろんよ。さっき携帯に入ってて、ＯＫの返事だったわ」

娘はスーツケースを網棚から下ろし始めた。

「あ、ママがやるわよ。お腹の子に障るでしょ」

言葉が終わらないうちに娘はスーツケースを自分で通路に下ろしていた。トンネルを出ると反対側の窓に飛騨川が流れ、向こう岸には藤倉の山がのっそりと聳えていた。麓はすっかり掘り起こされ更地にされ、採石場になっているらしく、工事の車が二、三台停まっていた。

見慣れた風景だった。夢からうつつに急速に戻りつつあった。

「え、ちょっと待って。八代隆司君のこと、あなた知ってんの？」

「知ってるも何も。私が勤めていたアンダンテ法律事務所の筆頭弁護士じゃない」

「ええ？　アンダンテの筆頭弁護士って、そんな名前だったっけ。確か、今関純也とか……」

「バカねぇ。ペンネームに決まってんじゃない」

「ええ？　じゃあ、あなた八代君が筆頭弁護士って知っててそこに勤めてたの？」

「そうよ。当たり前じゃない」

アンダンテ法律事務所は、テレビなどで「過払い金の請求」を売り物にしてコマーシャルを打っている全国にネットワークを持つ法律事務所だ。あかねが京大法学部を卒業と同時に司法試験に合格し、修習生を経て勤めた法律事務所だった。筆頭弁護士の今関純也氏は法曹界の寵児として、テレビなどでも引っ張りだこの有名人だ。その人があの八代隆司だったとは……。

「八代先生はね、これからの法曹界は年間売上せいぜい八〇〇〇億円位止まりだ、頭打ちだ、逆に、これからは医療が日本の基幹産業になる、と計算してるのね。アベノミクスも総仕上げにかかっているけど、今、三〇兆円規模の医療業界は、やがて五九兆円から六五兆円、すなわち日本の国家予算の二〇パーセントになるだろうと踏んでいる。司法試験に受かるほどの人材なら医学部受験も行けるだろう、これからは弁護士資格と医師免許の両方を持った人材を育成しよう、それをもって、日本の地域医療と地域法律問題を同時に解決するネットワークを構築しよう、と考えているのね」

「それで、あかねは一旦弁護士辞めて、医学部に編入したのね」

「そう。そのアンダンテ戦略に乗ったわけよ。そればかりか、日本の医療産業は中国や世界に向けての国策としての戦略を担う位置に来るわ。だって生身の人間、必ず健康を害するし、必ず死ぬ。彼らの個人データを握るのは医師よね。この最高の個人機密情報を手に入れられる立場にあるのが医療機関よ。中国や世界の要人が最後には日本の医療機関に全個人情報を引っ提げてやってくるのよ。なぜ中国の要人や富裕層がたかが医療検査ごときにも、日本を頼りにするかわかる? 同じDNAを持つアジア人、親戚だからよ。しかも、ちゃんとした食生活を送っている真面目な普通の日本人を対象に、信頼ある日本の医療機関が長年にわたって真面目に蓄積してきたデータに基づいて算出した、例えば糖尿病の基準値を示すＨｂＡ１ｃの六・二％。国際基準は六・五％。アジア人としてどっちが信じられると思う？　日本よね。なぜ？　そう、国際基準はつまるところアメリカ主導の基準よ。つまりニューヨークのスラム街で与太《よた》っているジャンキーとかも入った基準値よ。これが世界の基準だ、と言われてもね。アジア人なら誰だって、日本の基準値を信じるし、これに基づいた治療を受けることを望むわ。日本の医療人は世界の宝よ。誰も手出しできないわ。核なんかなくったって、誰も手出しできないわ。日本が核を持たず国際社会でトップの地位に上りつめることができるとしたら、医療立国になることよ。核ミサイル数万発持ったかて、人間、最後に頼るのは医者なんだから。全国に法曹の拠点を持つアンダンテが次に狙うのは、当然まず日本全国の医療の拠点づくりよ。最終的には、医療こそは法曹という国家の軛《くびき》に縛られる世界と違ってもっと大きく広く、全世界に向けられるわ」

アンダンテの名が示す通り、一歩一歩、地道に全国制覇を成し遂げようとしている法律事務所との印象はあった。

それにしても、と私は考える。あの八代君が、そんなかたちで、若き日の世界革命の理想を二十一世紀を舞台に考えていたとは。そして私の娘がそれに関わっていようとは……

私は、眩暈《めまい》のような感覚を覚えた。

「ねえ、あかね。あなたのお腹の子って……」

私が言いかけると、にわかに娘の顔色が変わった。

「ママの訊こうとしてることはわかってるよ。……全然違うわよ。大丈夫だって。何心配してんのよ。いくら何でも、三十歳も年上の人なんかとは付き合わないって。しかもママとやったかもしれない人とね」

「ううん。そうじゃないのよ。ママはあかねが気に入った人であれば誰でもいいと思ってる。結婚ていう制度に乗っかってくれなくてもいいと思ってる。ママはまだ大丈夫だから、あかねの産んだ子を育ててあげる体力的自信もあるわ」

「そうじゃないって、何なのよ。ママこだわってるじゃない。私のお腹の子が誰の子かって、こだわってるじゃない」

「そりゃこだわってるわよ。ママとパパとの孫なんだもの。誰が父親かって、そりゃこだわるわよ。おかしい？」

「だから、いつか時期が来たら言うわよ。だから、それまで訊かないで。ママ、何だかんだ詮索したいだけなんだから」

「そりゃ詮索したいわよ。あなたが隠してて言わないから詮索したくもなるわよ。普通に結婚して子どもができたわけじゃないんだから」

「そんなこと、ママに言われたくないわ。ママかて普通の結婚したわけじゃないでしょ。私はね、西宮のおばあちゃんのとこだってちゃんと半年にいっぺんとか、三か月にいっぺんとか行ってるわよ。ママは行ってる？　行ってないでしょう。ママがすべきことを私はやってんだから。そりゃ、ママは私が大学二つも出たことにも文句も言わないで援助してくれたわ。感謝してる。でも、私だって、やってるわ。ママができないこと私はやってきたわよ」

あかねの携帯が鳴った。ディスプレイを見てあかねの顔が少しほころんだ。耳にあてて立ち上がり、そわそわとデッキの方へと向かう。私も後に続いた。


私は浩さんの葬儀前後のことを少しずつ思い出していた。

初七日に、私は改めて西宮のお宅にお邪魔して挨拶をした。お母様はまだ悲しみのさなかにおられたが、妊娠の事実を告げると驚くと同時に大変喜んでくださった。

「お生まれになったら、会わせてくださいね」

私は「はい」と返事をし、少しためらって、

「浩一郎さんのお骨を分けてください。私の祖母のお墓に入れさせてください。私もいず

れそこに入るんです」

と頼んだ。最後は涙声だった。

「分骨ですね。わかりました」

今まで黙っていたお父様も大きくうなずいた。そしてゆっくりとした口調で、

「あれは私の兄、あれの伯父貴にあたる男に可愛がられて育ちましてな。伯父貴はつい半年ほど前に亡くなったんやが、大日本重化学工業株式会社の筆頭顧問を終生務めよりましてな。実は、大東亜戦争の末期のビルマのインパール作戦の生き残りっちゅうか、実は、あれは、毒ガスの研究をしとった日本の研究者を口封じのために日本人の手で全員皆殺しにするっちゅう裏の作戦に関わってましてな。つまり日本はもう敗色が濃かったもんで、これは敗戦後、連合軍に知られたらえらいことになるという軍の上層部の考えが生まれて、屈強な連中が兵庫県からも集められましてな、兄はそれに選ばれよったんですわ。兄たちは口封じのために、戦後、兄の学歴からすれば考えられないような大企業の重役に抜擢されましてな。男の子のいない兄は、そんな大それた秘密を守り切ったんですが、私と、浩一郎だけには打ち明けてましてな。私はこうして民間の一医者で終わったんですが、浩一郎は、中学生時分から、ただ国の存続のために、あるいは、軍の上層部を守りたいがために、毒ガスの研究に打ち込んでいた無辜《むこ》の自国民を殺すっちゅう、何とも言えな

い兄と同じ、葛藤のさなかにいたんですな。兄の苦しみ、葛藤を背負うっちゅう、ね。自殺いうのは、親の私からしたら、まあ何とかできんもんかったやろうか、と、人の命を救うことを生業にしているだけに、そう思うんやが、兄の心の葛藤を背負ってしもたら、これも一つの運命かな、って思うとるんです」

　そう言った後、居住まいを正し、

「みゆきさん。お願いです。どうか、元気な子を産んでください。姓は関川やのうてええです。細江さんの姓を継いだ子を産んでください。せやけど、一度でええですから、浩一郎の子を、私の孫を、抱かせてくださらんか」

　と深々と頭を垂れられた。

　私は嗚咽を抑えながら、

「はい、わかりました」

　と精いっぱい声を絞り出した。

　飛騨金山に着くと、ちさとの娘婿が迎えに来てくれていた。

「堯《たかし》です。お久しぶりです」

「こちらこそ、お世話になります。今日はよろしくお願いします。明日も来てくださるんですよね」

結婚式以来会っていなかったが、田舎の青年らしい明るい笑顔を見せてくれる好青年だった。

「はい。僕は運転手で。由佳が今、これなもんで」

堯君は自分のお腹の所に半円を描いた。

「まあ、そうなの。それはおめでとうございます」

「由佳ちゃん、私とおんなじじゃん。何か月？」

あかねが言った。

「あ、え？　五か月。あかねさんも、おめでた、ですか？」

堯君が運転席から振り向いた。訊いていいものかどうか、迷いながらの顔つきだった。

「そうだよ。私生児。私生児を産むの。斬新でしょ」

「斬新、だね、確かに。すごいわ。でも、あかねさん、相変わらずだわ」

「すごいって、何がよ」

あかねは何故か得意げだった。

「たぶん、由佳も言うよ。いつも話題を伯母さんちに持ってかれるって」

ワゴン車の中は笑いに包まれた。

「ほならちょうどええ所があるで、ちょうどええわ。途中やで、今から案内するわ。伯母さん、いいですか」

「どうぞ、どうぞ。全然急いでないから」

「あ、わかった。この前言ってたパワースポットのこと？」

「そう。由佳も安産祈願で行ってきた、そこなんよ」

「へえ、金山にもそんなところ、あったんだわ」

　私も口をはさんだ。

「ありますよ。金山、何でもありますよ。無いのは、海と、人の数だけ」

　堯君の言葉に私はため息をついた。

「そうね。すっかりさびれちゃったわね。あそこに役場があって、この辺、ちょっとした飲み屋街だったわね。お父さんが日直とかの時よくついて行ったもんだわ。昼に出前取ってくれたり、定食食べに連れてってもらったり。鶏チャンてみりんとお酒をたっぷり入れて焼くのよ。とってもいい匂いがしたのよ。あれを食べる時、何だかお酒を飲んで大人になった気がしたわ。あの頃の金山の人口って、知ってる？　私は知ってんのよ。一万一二八八人。ごろ合わせで、『一人一人にパパ』って覚えりゃいいって、お父さん、家で役場の資料見てて編み出したのよ。それを娘の私たちに言う時、めちゃ嬉しそうだった。少年が何か大仕事を達成したみたいで」

私は話しながら父を思い出して涙が出そうだった。

堯君は駅前通りから金山橋を渡り、昔アイスを買った石屋のはす向かいの道を右折した。

太鼓橋は、色が緑色に塗り替わっていた。その緑色もずいぶん色褪せていた。堯君は太鼓橋の真ん中にハザードをつけないで車を停める。私たちは車を降りた。さびれた田舎の橋道には車も人もほとんど来ない。

「ほら、あそこ、源念、伯母さんは小学校の頃、あそこでよく泳いだのよ」

私は濃い青緑に淀んだ、益田川と合流する寸前の馬瀬川の一角を指差した。

「ママがバージン失ったとこ?」

「変な話、捏造《ねつぞう》しないでよ」

「へえ、伯母さん、早稲《わせ》やったんですね」

堯君も、すっかり相好を崩し、あかねと一緒に私をイジリ出す。

「だからあかねの言うことなんか、信じちゃダメよ。この子、大ぼら吹きなんだから」

「大ぼら吹きは、パパの遺伝子かもよ。パパの大ぼら吹きの証拠物件は、乙原の蔵の中にいっぱいあるわ」

「そうよね。扇町のアジトも危なくなった時に、家宅捜索《ガサいれ》の危険性が増したから、絶対安全な場所、それは、乙原の蔵の中って、踏んだわけよね。まさか権力も、私の実家の妹の嫁ぎ先に隠し場所があるとは考えもつかなかったでしょう。ちさとや誠司さんにはお世話になったわ。ばれたら消防署クビだもんね」

「でも、こんなこと言っちゃ失礼だけど、みゆき伯母さんの方こそ、その見事な転身ぶりというか、うまいこと過激派から売れっ子予備校講師になれたんですね」

「そうね。売れっ子かどうかは知らないけど、……まあうまいことね」

私は話をはぐらかそうとした。特にあかねがいる前だからなおさらだった。予備校講師になった本当のいきさつは、あかねに訊かれてもいつも核心ははぐらかす。そこはこれからも誰にも話さないでおこうと思っている。

堯君から言われて今、私は向学塾予備校の講師になれたきっかけになった、あの一本の電話を思い出した。一九八四年五月の初め、大船渡の実家で臨月間近の大きなお腹を抱えていた時だった。電話は高梨有子からだった。

高梨有子は、向学塾出版から出した竹森孝臣の遺稿集で勝手に名前を使って迷惑をかけたことを軽く詫びたのち、

「お詫びのしるしと言っちゃあなんだけど、細江さんにさぁ、向学塾予備校の国語古文の講師になってもらおうかなって、お誘いの電話なの。実は予定してた京大言語の院生が突然、来年民営化が予定されている電電公社に決まっちゃってね。当人、チョムスキーの研究してた新進気鋭の言語学者なんだけど、今度チョムスキー理論をも応用した自動翻訳機の開発に電電が乗り出すことになって。で、そこの研究員として来ないかと誘われちゃってね。彼は元々ほら、例の警察無線の傍受の技術開発も手掛けてたからそっち方面明るくて、予備校の古文の講師よりそっちの方がいいと言い出してね。組織としても、そっち行かせるかとなったわけ。あ、でも予備校ってのも今後しばらくはいいわよ。八六年から九二年までをゴールデンセブンと言って、放っておいても浪人が増え続ける七年間。だからあなたにとっても今がチャンスよ。そろそろ臨月でしょ？　子どもさんが生まれて一息ついた来年か再来年から、向学塾予備校の講師として来てくれないかしら？　大阪の本部長にあなたの写真見せたら、あなた姿かたちいいからマドンナ講師として売り出せるんじゃないかって、大乗り気だったわ。年俸七〇〇万円からスタートさせるとも言ってたわよ」

黎明派・高梨有子の口利きで予備校講師になったことは、分骨後の浩さんの金山のお墓の前に報告した以外は、誰にも伏せている。でもどういうわけか、娘のあかねは時折そのあたりの話を私に振ってくる。時にはカマを掛けてくる時もある。私のお腹の中で高梨有子との電話の中身を聴いていたのかとも思えるほどだ。

「堯君、由佳ちゃんとはお茶の水で出会ってんのよね。堯君、明治だったっけ」

「そうです。御茶ノ水らへんうろついてました。学生の頃はバンド組んでて御茶ノ水の楽器店でよくバイトしてました。そこでたまたま岐阜県人会主催のお見合いパーティーに参加したら、由佳に出会ったんです。由佳はお見合いかたがたあかねちゃんのマンションに遊びに来てたとこだったんです。訊いたらうちの大利《おおり》とそう離れていないとこの子で、すっかり意気投合しちゃいましてね。そしたらすぐにお義父さん、乙原からわざわざ出てきて、乙原の大前家の財産、みーんなやるで、田んぼも畑も山も、乙原の景色も、みーんなやるで、すぐ結婚せえ、と言ってくれて、明治出てしばらくコンピューターのSEやってたんですけど、このお義父さん、誠司さんとこの婿養子ならいいかな、と思って誠司さんのってで地元の消防署に入れてもらうことにしたんです。大利は兄貴が地元の役場に勤めてるんで、まあいつも実家の親元にも行ったり来たりできるしってわけで」

「堯さんのすごいとこは、金山の活性化に、地元の誰よりも取り組んでいることだよね。空き家ばかりの路地を利用した筋骨《きんこつ》祭りもそうだけど、あのシュメール人がここに来たんではないかという岩蔭《いわかげ》遺跡の調査と広報にも力を入れててさ、地元を愛するあかね隊員としては、頭が下がる思いですぞ」

「何ボケてんだよ。あかねちゃんこそすごいじゃないか。世界中を飛び回って、しかもイスラエルなんかともつながってるんだろう？　由佳もあかねちゃんはすごい、みゆき姉ちゃん以上や、といつも言ってるよ」

「岩蔭遺跡は、あれはひょっとしたら、オーパーツの一つかもしれないわ。だとしたらすごいよ。世界史、古代文明史が塗り替わるかもしれない」

「何、そのオーパーツって？」

私には初めて聞く言葉だった。

「Out-Of-Place Artifacts 頭文字とってオーパーツ。〝場違いの人工物〟って訳すの。例えばエジプトやメキシコ・ティオティワカンのピラミッドもそう、あとはコスタリカの地中からザクザクと発見される直径二メートルの真球とか、インカ時代の開頭手術痕の残る頭蓋骨とか、タッシリ・ナジェールの謎の宇宙人が描かれた岩絵、宇宙飛行士が描かれた古代のパレンケの壁画とか。その時代、その地層にはあり得ないはずの場違いの人工物って意味なの。それは、私たちが教わった古代史観や、ましてや左翼が有難がる愚かな階級闘争史観を根本から覆す材料になるかも知れないのよ。ママたち左翼オバサンの世代って、民衆が歴史を変えるとか何とかきれいごとを熱血教師が喚き散らす歴史観でしょ？」

「一言多いわね、いつもあかねは。だいいち古代史観に愚かな階級闘争史観って関係ないでしょ」

私たち二人の掛け合いに、堯君は笑いっぱなしだ。

「実は僕も、岩蔭遺跡のオーパーツって、結婚してこっちに来てから知ったんですよ。すごいですよ、岩蔭遺跡は。夏至の日、冬至の日、春分、秋分の日、それぞれの陽が差す方角が計算され尽くしていて種まきから刈入れまでが太陽の動きで計算できるようになっているし、それに北極星をはじめとした天体の動きも見事に計算され尽くしているんですね」

「乙原っていうぐらいだから、縄文人だかシュメール人だかが入植した頃は、原っぱだったんだろうね。だからあとからできた森の木を全部伐採したら、一大天文台パノラマができるかもよ。前にウズベキスタン・タシケントにある七世紀にできた天文台に行った時も、すごいの見ちゃったよ。すでに地動説に基づいて天体図が描かれていたのよ。地動説よ。西洋ではまだガリレオ・ガリレイやコペルニクスが生まれる九百年も前よ。何故そんなにイスラムは利口なのですかと、ガイドに訊いたのね。するとね。天はアラーがおわします場所だから、決して動かない。動くとしたらこの人間どもが住む地上だ、天動説など初めからあり得ないって説明してくれたわ。エルサレムは、何故色んな宗教の聖地なのか。それはそうした人類のすべての叡智が集結する場所でもあるからだわ。一ミリもそこを譲れないのよ。だから激しい闘いも起こるのね」

堯さんが太鼓橋を渡ったところにある祠《ほこら》を指差した。

「ここから、あの三叉路までゆっくり、橋の両側を眺めながら歩いて行きましょう。あそこに祠があるでしょ。子守地蔵って石碑が立っている」

「うん。あるある」

「あの横に欅《けやき》の木があるでしょ。あれが例のパワースポットなんですよ。僕が大利にいる頃によく登った山に、大山白山《おおやまはくさん》神社があるんですが、その総本山は石川県の加賀にあって、そこから尾根伝いにずーっと稜線を延長してきた先っちょがここなんですって。だからここに霊験あらたかな白山神社のパワーが集中してあるそうですよ」

堯君の言葉が終わらないうちに、あかねは走り出した。欅の樹の幹に両掌をぺたぺたとあててはお腹をさすっている。このあたりのあかねの動きは、子どもの頃とちっとも変わらない。

「ママー、こうして、輪っか作って」

私は堯君と歩いて祠まで来て、言われるまま、親指と人差し指で輪っかを作った。そしてあかねの輪っかと結んだ。

「いい？　ママ。一、二の三、で引っ張るのよ」

指が開いてするりと抜けたのは私の方だった。

「……でしょ？」

あかねはすこぶる嬉しそうだった。

「もう一回やろ」

私は少し意地になった。

今度もまた負けたのは私の方だった。

「またやる？」

「もういいわ」

「あ、スネ夫君になってる、ママ」

「何言ってんのよ」

あかねは笑いながらもう一度欅の樹の幹にぺたぺたと触りに行き、自分のお腹をさすった。

「伯母さんもどうですか」

堯君も笑いながら私に言ってくれたが、私は祠と反対側の道脇に立ったまま、土手の樹の間から見える源念のよどみに目を移し、そのまま太鼓橋に戻って、馬瀬川が飛驒川になる合流地点を眺めた。

　小学生の頃、源念から馬瀬川の流れに沿ってはす向かいの岸に泳ぎ着き、体を拭いて土手をよじ登ってきてこの祠のところから太鼓橋を渡って帰った。私が泳いでいた川のあの皮膚にまとわりついてきた水たちは今飛騨川を下って田島を通り、七宗ダムに溜まったあと、砕け散るように一気に落ちて、やがて伊勢湾にまで流れていくんだわ——少女の頃、私はそんな風に考えて橋の欄干から川を見下ろしていたものだ。

「あ、それはそうと、さっき、また八代先生からメールが来てね。明日の法事、やっぱり行けなくなったんで、申し訳ないけど、よろしくって」

　ピンクのカバーの付いた携帯をバッグにしまいながら、あかねは言った。

「何で、何かあったの？」

　私は思わず訊いた。実は、八代が私の父の法事に来るとわかった時の気の動転がまだ続いていたのだ。その心の整理がつかないうちに、今度はその断りのメールがやってきたのだという。残念なような、ホッとするような気持が押し寄せてきた。

「それがね、アンダンテ法律事務所、司直の手が入ったようなのよ。派手にやってたから、たぶん弁護士仲間からのやっかみ半分のチクリがあったみたい。詳しくは言ってないけど。それどころか、八代先生、こう言うのよ。大道寺将司《だいどうじまさし》の葬式に出るから岐阜の法事には行けないんだって。この前、獄死したでしょ？　大道寺将司。東アジア反日武装戦線の、連続企業爆破事件首謀者の、死刑囚の……」

あかね独特の、畳みかけるような関川譲りのリズム感ある言い方に、私はいつの間にか、うん、うんと、うなずきながら乗せられていた。

「大道寺の『明けの星を見上げて』って本、ちょうどあなたのパパが亡くなった頃に出版されたの。連続企業爆破事件首謀者ってことになってるけど、大道寺将司が最もやりたかったことは、天皇陛下を爆死させることだったのよ。荒川鉄橋に爆弾を仕掛けて天皇のお召列車を爆破しようとしてたの」

「知ってるわよ。虹《レインボー》作戦でしょ？　議論の果てに革命が達成できると信じる愚かな文系人間と、マニアックな爆弾好きの理系三流大学生ばかりが集まって、人騒がせな天皇処刑革命フェスティバルを演じて失敗に終わった、バカテロリスト独特の爆弾ごっこ殺人未遂事件でしょ？　ただ、戦前の〝不敬罪〟が色濃く残る世代が思わず口をつぐんでしまう仕業だったということで、一瞬世間の耳目を集めたのね。でも、あんなの、歴史の片隅にも残りやしないわ」

「でも、八代君は、その大道寺の葬儀に参加するって言うんでしょ？」

私は笑いながら言った。あかねも笑った。

「いや、人生の危機を迎えた時、咄嗟に出るウソって、その人のこれまでの人生で一番輝いてた頃の想い出に立ち戻るって、何かの本で読んだことあるわ。八代先生、今かなりパニクってるんだと思う。何十年ぶりかでママに会えるっていうテンションの高いところから、いきなり奈落の底に突き落とされた状態かな。せっかくその後の人生成功した者同士、腹を割って話せる、しかも相手の娘を一人前にした上司であるというちょっとした高みに立てる、そう思って満を持して岐阜に乗り込もうと思っていた矢先によ。奈落の底だもんね。そこで、まさかの大道寺将司よ。大道寺将司も今頃は、草葉の陰で『おいおい、もうワシなんかダシに使わんといてくれよ』と叫んでるに違いないわ。八代先生の一番輝いていた時代が、過激派が輝いていた時代と重なっていたとはね」

あかねの意地悪な笑いは、私の心を不思議に和ませた。それは、八代隆司に会わなくて済んだという安堵感以上のものだった。

「あかねは、八代君のこと、恩師で上司なのによく冷静に見てるね。ママはそんなあかねを頼もしいと思えるけど、でも、この子、ちゃんと恋愛できない子じゃないかと心配になるわ」

「恋愛できるできないは、体質の問題よ。打算が働くか働かないかは能力とタイミングの問題よ。大丈夫よ、ママ。私はレッキとした恋愛体質だし、能力もあるから打算的だし。

ただタイミングの取り方だけは、なかなか学習できなくてね。そこが自分でも心配だわ」

　あかねはさも嬉しそうな顔で笑った。


　岩屋第二ダムの水量は空梅雨のせいか、例年ほど多くなさそうだ。ここから上流に向かう馬瀬川の両岸が、乙原と八坂《はっさか》という集落だ。岩蔭遺跡があるのは八坂の方。さらに馬瀬川を遡《さかのぼ》ると、第二ダムから揚水した水が加わって圧倒的な水量を誇る傾斜コア型の岩屋第一ダムがある。ダムによる人造湖は東仙峡金山湖と命名されている。電力供給と保水などを目的とする多目的ダムだ。

　馬瀬川は飛騨川へと注ぐ支流だが、かの四万十川より透明度が高いということが自慢だ。アユはもちろんだが、清流にしか棲まないと言われるアマゴやイワナの宝庫でもある。岩屋第一ダムのさらに上流にある馬瀬村は過疎の村には違いないが、岩屋ダムの利権と、アユ、アマゴの釣り鑑札の販売でそこそこ潤っている。

　乙原は、その馬瀬村に入る手前、辛うじて金山町の端っこに位置する。

「どうせ過疎になるんなら、早めに補償もらって出てった方が利口やったかもしれんね」

　あかねは窓を見ながらつぶやく。金山の言葉になっているのが可笑しかった。

「いや、ほんなことない。ここはここで、残った者にも福は来とるよ。あかねさん」

「そうなの？」

「僕も、あんたのお祖父さん、お祖父さんと一緒の大利の出やで。田舎のことしかわからんけど、乙原はええとこやよ。コメがまず美味い。ちょっともち米みたいになっとって、ほれ、飛騨名産〝龍《りゅう》の瞳《ひとみ》〟から苗買ってきて田植えしたんやけど、本場飛騨のと同じぐらい粒の大きな美味いコメが取れるんさ。ありゃ、水と土と風と太陽の角度のお蔭やね」

「太陽の角度？　岩蔭遺跡の話しとるん？」

「そや。太陽の角度。山に囲まれとるで、陽は早いうちに沈《はず》ってまうんやね。高い角度のうちにかんかん照りになって、ゆっくりとやのうて、いきなり沈る。ええ時は強烈にええ時やが、急に沈るもんやから、イネの方も学習しよって、そのええ時にいっぱい栄養素を摂りいれようとするんやね。それであああいう米になる」

「面白いわ。それ誰かの学説？」

「ごめん。僕の学説やわ」

ワゴン車はまた笑いに包まれた。

「でもね。僕と由佳の新婚旅行、メキシコのカンクーンやったんよ。ほら、オーパーツの一つ、ティオティワカンのピラミッドを見とうて。あれって、正四面体の一面が九一段の階段で、掛ける四で、計三六四。てっぺんの一足して、三六五段、つまり一年の日数分あるわけ。春分と秋分の日には、太陽の角度が計算されてて、縁《ふち》にマヤの守り神〝龍〟の絵が浮き出るようになっている。岩蔭遺跡とよう似とる。僕らはお土産にパレンケの有名な『宇宙飛行士の壁画』のレプリカを買ってきたんや。あれ見て思ったんやけど、シュメール人て、どこから来たんやろうと。乙原や八坂って、海からむちゃくちゃ遠いところにあるから、はるばる航海してきて海岸にたどり着いてそこから船でこんな奥地まで遡ってくるなんてこと、わざわざするかなって。由佳と大利の実家に戻った時、蔵から昭和十三年の乙原付近の地図見つけたんよ。空から俯瞰した地図。よく見るとここは日本のど真ん中で、河がいくつもの筋を作っていてチグリス・ユーフラテス水系そっくりやないかと。で、由佳と一緒に叫んだ、『シュメール人は空から降りてきた！』って」

ワゴン車の向かう乙原の家は二つの岩屋ダムの間に位置する、まさに緑濃い山の中にあった。割烹着を着た妹のちさとが掌を庇《ひさし》にしてこちらを見ていた。ワゴン車を見つけると手を振ってきた。私も手を振った。

「あ、堯君、悪いけど、このまま県道を東仙峡の方に向かってくれる？」

あかねがまたわがままを言った。

「何で？　ちさと、家の前で、ずーっと立って待ってるのに」

「いいから、私のわがまま聴いて。堯君、お願い。第一ダム、東仙峡の方に向かって」

「わかった」

堯君はハンドルを切り直した。

「既視感が来てるのよ。さっきから、ずーっと、ずーっと来てるのよ」

あかねはまるで別人になったかのような、けれどどこかで聴いたことのある子どものような声色で早口で言い続ける。

しばらく行くと、巨大な岩屋第一ダムの壁が見えてきた。ワゴン車はハンドルを右に切り、第一ダムの天井部分にあたる馬瀬大橋にさしかかる。

「あ、ここでクルマ停めて。降りるから」

あかねはもはや絶叫に近いかん高い子どもの声だ。

馬瀬大橋の下流側は、真下に巨大な発電所が根を張るように建っている。上方を見ると、おびただしい光を浴びて満々と緑の水を湛える東仙峡金山湖《かなやまこ》がはるか馬瀬村の方にまで伸びている。

突然、あかねが子どもの声で叫び出した。

「若い頃のお祖父ちゃんが、ヘルメットをつけてここに来ているよ。小さい頃のママも一緒。ちょこんとヘルメット被せてもらって。僕は、と言えば、光みたいな乗り物に乗ってやってきたシュメール人だ。夏至には南中した太陽から平らに磨いた大岩を組み立てた櫓《やぐら》の細い隙間に光を通して夏の日時計を作る。刈入れまでの暦が一目でわかる。お祖父ちゃんは役場の産業課長で、工事現場を子どものみゆきに見せにきた。それにしてもみゆきはヘルメットが大好き。さっきからずっといじって遊んでいる。お祖父ちゃんはね、村を去ることになる人たちをずっと気にしている。みゆきの手を引いて、この人《ひと》んたは、もうじき白川や美濃加茂、関、美濃市、各務ヶ原に家建てて引っ越しなれるんやと。バラバラになったら恐《おそ》ごうて夜寝れんとアカンで、なるべくお互い声掛けあってさぁなんて言ってござる、大丈夫やて。馬瀬の水をそっちの方にも流してもらえるしこうやで、大丈夫やて。お天道様もついてくる。気をしっかり持ちゃえんやて。みゆき新しい勉強部屋作ってもらったんか。お風呂場の横に。物置やったとこに。ほな、そこに遊びにいったるわ。恥ずかしいからな、初対面やから、阪急ブレーブスの帽子借りていくわ。どっかの工事現場で、発破が爆《は》ぜて死んだ子の被ってたやつ、あれ被っていくわ。みゆきは勉強できるかもしれんけど、結構生意気やで。最初、どう言うたらええんかな。関西弁やな、こういう時。シュメールの話したって、まだ小さいしな。発破で死んだ子になって行こ」

堯君はぽかんと口を開けて不思議そうに、あかねのひとり喋りを眺めている。

私は、ここは私の出番だと思って話しかけた。

「そう言えば、明日の法事、さすがにバルボン君、呼んでなかったね、あかね」

「うん」

あかねは元のあかねの声で返事をした。

「でも来てたね。既視感というより、実際来てたね。バルボン君、あかねのところに来てたんだ。あかねも統合失調症になってたんだ」

私は笑った。

「そういうこと？　なるほど、そういうことか」

堯君は一人で納得した。

「でもママ、見てほら」

あかねは人造湖の方を指差した。

「光よ。すごい数の光だわ。かたまりになってるわ。パパや、ひいお祖母ちゃんや、お祖父ちゃん。みんなあの中にいるんだわ、きっと。夏だからさそり座の季節だから、きっとオリオンは北半球では見られないから、昼間の光のかけらとなって降りてきてるんだわ」

再びすっかり子どもの声に戻ったあかねの指差す東仙峡の一角には、一瞬、空じゅうの光がひとかたまりになって降り注いできているように見えた。

（了）

〈著者略歴〉
松原好之（まつばら　よしゆき）
1952年、岐阜県益田郡（現下呂市）生まれ。大阪外国語大（現大阪大学外国語学部）英語学科卒業。医系予備校「進学塾ビッグバン」代表。神奈川歯科大学客員教授。河合塾英語科講師歴35年。1979年に第３回すばる文学賞を『京都よ、わが情念のはるかな飛翔を支えよ』（集英社刊）で受賞。学術書、学習参考書など著書多数。現在、日経メディカルオンラインに［松原好之の「子どもを医学部に入れよう！」］を連載中。趣味は世界秘境旅行。2015年１月１日には次男と南極点に到達。

装丁　神長文夫＋坂入由美子

飛驒川
山上のオリオン

2020年４月10日　第１版第１刷発行

著　者　松　原　好　之
発行者　清　水　卓　智
発行所　株式会社ＰＨＰエディターズ・グループ
〒135-0061　江東区豊洲5-6-52
☎03-6204-2931
http://www.peg.co.jp/

印刷所
製本所　図　書　印　刷　株　式　会　社

ISBN978-4-909417-54-1